Monsoon – Herzen im Galopp

Bibliografische Information der Deutschen Nationalbibliothek
Die Deutsche Nationalbibliothek verzeichnet diese Publikation in der Deutschen Nationalbibliografie; detaillierte bibliografische Daten sind im Internet über http://dnb.d-nb.de abrufbar.

MIX
Papier aus verantwortungsvollen Quellen
FSC® C014496
FSC www.fsc.org

Text: Joël Tan
Covergestaltung: Kathrin Schüler und Grafisches Atelier arsEdition unter Verwendung von Bildmaterial von Alla-Berlezova / Shutterstock.com

ISBN 978-3-8458-3300-2

www.arsedition.de

JOËL TAN

Monsoon

Herzen im Galopp

arsEdition

Für Luano

Du kannst ihnen deine Liebe geben, aber nicht deine Gedanken. Sie haben ihre eigenen.

Khalil Gibran

Kapitel eins

Lisi gab Monsoon einen leichten Schenkeldruck. Geschmeidig erhöhte der Wallach die Geschwindigkeit. Seine Hufe setzten im gleichmäßigen Takt auf dem trockenen Waldboden auf und erzeugten so die für Lisann schönste Melodie. Die Senke mit dem Flüsschen lag direkt vor ihnen. Hier war das Wasser flach genug zum Hindurchreiten. An seinen fordernden Bewegungen spürte Lisann, dass der Wallach sein Tempo nicht verringern wollte. Sie ließ ihn laufen. Kraftvoll galoppierte er ins Wasser. Es klatschte und spritzte. Die Tropfen in der Luft leuchteten hell im Sonnenlicht, als Monsoon die Anhöhe wieder hinaufstob.

»Lisann!«, schallte es plötzlich durch den Wald wie ein Donnerhall. »Bleib gefälligst stehen!«

Der Schreck fuhr ihr durch alle Glieder. Sie kannte diese Stimme: Victoria Monroy, Lisis Erzfeindin! Auf einem Schimmel kam sie angaloppiert. Ihr Gesicht war wutverzerrt.

»Monsoon gehört mir. Du hast ihn mir weggenommen«, brüllte Victoria und preschte jetzt ebenso aufs Wasser zu. »Wenn ich dich kriege, hole ich ihn mir zurück!«

Lisann schloss die Beine enger um Monsoon. »Lauf, lauf! Sie will uns trennen. Victoria darf uns nicht kriegen.«

Schon jagte der Wallach tief in den Wald. Rechts und links verschwammen die Bäume zu grau-grünen Streifen. Lisann spürte den immer stärkeren Gegenwind in ihrem Gesicht und die peitschenden Enden von Monsoons langer Mähne auf ihren Armen. Sie ritt, so schnell sie nur konnte, dennoch tauchte Victoria mühelos neben ihr auf. Ihr Schimmel schien sich nicht mal anstrengen zu müssen.

»Jetzt haben wir euch«, grollte sie boshaft und streckte ihre Hand nach Monsoons Zaumzeug aus. Dabei lachte sie auf geradezu teuflische Weise …

Ein Ruck ging durch Lisanns Körper. Sie schreckte hoch aus ihrem Traum, als das Auto ihres Vaters durch ein tiefes Schlagloch fuhr.

»Bernd, Vorsicht!«, rief ihre Mutter und hielt die Thermobecher in ihren Halterungen fest. Dunkelbrauner Kaffee schwappte heraus.

Monsoon angstvolles Wiehern drang aus dem Pferdeanhänger. Er machte hörbar ein paar Ausgleichsschritte, während die Reifen wieder sicheren Halt auf der Straße fanden.

Lisann sah nach hinten durch die Heckscheibe. Im Fenster des Hängers sah sie Monsoons Ohren. Sie ruckten erschrocken hin und her, doch er stand offensichtlich noch auf seinen vier Beinen. »Alles in Ordnung mit ihm, Papa.«

»Zum Glück. Die Straßen hier bräuchten dringend eine Erneuerung. Ich werde besser aufpassen.«

Lisi lehnte sich wieder an das lederne Sitzpolster. Ein Blick auf die Armbanduhr bestätigte, dass sie bloß kurz eingenickt war. Für einen schlechten Traum hatte es dennoch gereicht. Mal wieder! Mittlerweile schlief sie kaum mehr eine Nacht durch und war deshalb dauerhaft müde. Und jedes Mal versuchte im Traum irgendwer, ihr Monsoon zu stehlen. Lisi hatte noch nie mit jemandem darüber gesprochen. Das heißt, sie hatte es einmal versucht. Aber schon nach ihren ersten Sätzen hatte ihre beste Freundin Mira sie lachend in den Arm genommen. Ihre Worte klangen Lisann noch immer im Ohr:

Du spinnst doch, Lisi! Monsoon und dich wird nichts im Leben mehr trennen. Ihr gehört zusammen. Du kannst es nur nicht glauben, das ist alles.

Lisann war sich total blöd vorgekommen und hatte das Thema nie mehr angesprochen. Mira hatte ja recht. Es war einfach nicht zu fassen, dass Monsoon jetzt ihr gehörte! Noch vor wenigen Wochen hatte sie befürchtet, sich auf einer Auktion für immer von ihrem Traumpferd trennen zu müssen. Umso größer war ihre Freude gewesen, als ihre Eltern Monsoon völlig überraschend für sie ersteigert hatten. Ihr allergrößter Wunsch war damals in Erfüllung gegangen, einer der Sorte, die auch in hundert Jahren unerreichbar scheinen. Lisi war seitdem eigentlich überglücklich. Wenn nur diese nervigen Träume nicht wären.

Der Ton einer eingehenden Nachricht auf ihrem Handy lenkte sie ab.

Lisi, ich kann es nicht glauben. Der dämliche Bulli macht Zicken. Mein Vater sagt, wir kommen erst morgen hier weg. Bin voll genervt.

Lisann riss die Augen auf, als sie Miras Worte las. Flink tippte sie ihre Antwort.

Was? Wie doof ist das denn??? Ohne dich ist es doch nur der halbe Spaß!

Ich kann's leider nicht ändern. Könnte heulen! Grüß Frosti von mir (und vielleicht noch jemanden anderen – hihi).

Klar, mach ich. Beides! Miss you. Dicke Umarmung.

Lisi sah auf. »Lenny, Alice und Mira kommen erst morgen zum Falbenhof.«

»Wie bitte? Warum das denn?«, fragte ihre Mutter enttäuscht.

In diesem Moment klingelte es in ihrer Handtasche. Alice. Natürlich! Genau wie Mira Lisis beste Freundin war, waren auch ihre Mütter unzertrennlich.

»… das ist ja so ärgerlich. Meinst du, Lenny bekommt das bis morgen hin?«

Lisi hörte dem Gespräch nicht weiter zu. Nur wenig später erschienen die vier Ferienhäuser in der Ferne. Ihr Herz klopfte schneller, als sie daran dachte, dass sie ganze zehn Nächte und elf Tage lang bleiben würden. Verrückterweise kam es Lisann vor, als wären die letzten Ferien gar nicht lange her. Dabei hatten die weitläufigen Felder um den Falbenhof damals noch voller Ähren gestanden. Mittlerweile hatte man sie abgemäht. Stoppeln ragten aus der dunklen Erde. Es war eindeutig Herbst geworden.

»Wie sehr sich die Landschaft in nur drei Monaten verändert hat«, bemerkte ihr Vater.

»Ja, allerdings …«, murmelte Lisann glücklich. Sie konnte es nicht erwarten, in den bunten Herbstwald zu reiten.

Wenig später rollte ihr Auto die Allee des Falbenhofs entlang. Das Laub der großen Eichenbäume rieselte sanft und in warmen Oktoberfarben zu Boden, wo es einen farbenfrohen Flickenteppich hinterließ. Der Audi kam auf dem knirschenden Kies vor dem Haupthaus zum Stehen, an dem die feuerroten Weinranken leuchteten.

Lisann entdeckte Herrn Brandt, den Reitstallbesitzer, und seinen Sohn Elias. Sie liefen zwischen den Reitschülern und Eltern umher, um sie zu begrüßen und zu verabschieden. Es war Samstagmittag. An- und Abreisetag. Der Hof war proppenvoll.

»Ah! Familie Maiwald. Willkommen zurück«, rief Herr Brandt. »Ich hoffe, Sie hatten eine entspannte Fahrt.«

Die Erwachsenen gaben sich die Hände und begannen sogleich ein angeregtes Gespräch über die Tücken des Fahrens mit einem Pferdeanhänger.

»Lisann! Hi«, rief Elias und drehte sein Cap nach hinten. Seine stahlblauen Augen strahlten ihr hell entgegen.

»Elias!«

Die Freunde schlossen sich in die Arme.

»Kaum zu glauben, dass du schon wieder Ferien hast«, neckte er sie. »Manchmal wünsche ich mich auch in die Schule zurück.«

»Wenn das so ist, dann darfst du gerne meine Buchbesprechung für den Deutschunterricht machen, die ich nach den Ferien abgeben muss.«

Elias verzog das Gesicht und lachte. »Ich nehme alles zurück.« Jetzt sah er suchend zur Allee, wo bereits das nächste Auto heranrollte. »Wo ist denn Mira? Sie und ihre Familie wollten doch schon heute Morgen ankommen.«

»Ach, deren Uralt-Bulli ist schon wieder kaputt. Sie kommen leider einen Tag später. Ich hab's gerade erst erfahren.«

»Oh, da wird Frosti aber traurig sein«, gab Elias zurück und presste die Lippen aufeinander.

Von wegen Frosti, schoss es Lisi belustigt durch den Kopf. Sie sah genau, dass er versuchte, seine Enttäuschung zu überspielen. Mira würde es freuen. Schließlich war Elias im Sommer ihr großer Schwarm gewesen und die vergangenen drei Monate war sein Name häufig gefallen.

»Ich soll dich von Mira grüßen.«

»Danke«, sagte Elias strahlend. »Komm, lass uns Monsoon befreien. Ich habe seine Box schon bereitgemacht – falls die Nächte kälter werden.«

Als der Wallach hörte, wie die Klappe geöffnet wurde, begann er erwartungsvoll zu tänzeln.

»Schon gut. Ich hole dich ja schon raus.« Lisi strich ihm beruhigend über die Kruppe.

Elias schmunzelte. »Immer noch der alte Wildfang, was?«

»Allerdings. Hat sich nichts dran verändert.«

»Ich habe auch gerade jemanden sehr temperamentvolles in Beritt. Gismo, ein riesiger Trakehner.« Er hielt seine Hand über seinen Kopf. »Stockmaß eins fünfundachtzig.«

»Wow! So ein großes Pferd habe ich noch nie mit eigenen Augen gesehen. Zeigst du ihn mir später?«, fragte Lisann, während sie durch die kleine Vordertür in den Hänger schlüpfte, um Monsoons Strick zu lösen.

Elias hakte die Heckstange aus. »Von mir aus auch sofort. Er muss sowieso bewegt werden. Ich bin gleich mit ihm in der Halle.«

Lisann führte Monsoon rückwärts hinaus in die Sonne, wo sein kastanienfarbenes Fell wie immer einen Goldschimmer bekam. Seine überlange Mähne wallte bis zu seiner Brust. Seine großen braunen Augen blickten neugierig umher, als würde er den Hof wiedererkennen.

Diesen Moment liebte Lisann besonders. Überall, wo sie mit ihm auftauchte, erregte er Aufmerksamkeit – auch hier. Die Ferienschüler des Falbenhofs begannen, mit dem Finger auf ihn zu zeigen und bewundernd miteinander zu tuscheln.

»Sieh dir dieses Pferd an!«

»Wow, der ist ja wunderschön.«

»Ich wünschte, ich hätte auch so ein tolles Pferd.«

Lisi spürte eine Gänsehaut auf den Armen. Sie konnte die Mädchen so gut verstehen. Noch vor wenigen Wochen war sie eine von ihnen gewesen. Nie hätte sie für möglich gehalten, dass ihr mal ein solches Pferd wie Monsoon gehören würde. Stolz strich sie über seine aufgeblähten Nüstern. Er prustete nervös und tänzelte um sie herum. »Ho, steh schon still.«

Mit einem lauten Ratschen entfernte Elias die dicken Transportgamaschen von Monsoons Beinen.

Lisi kam eine Idee. »Weißt du was, Elias? Vergiss die langweilige Halle. Lass uns zusammen ausreiten. Nach der langen Fahrt braucht Monsoon auch Bewegung.«

»Ja, warum nicht?«, sagte er begeistert.

»Ich muss nur meine Eltern fragen.« Lisann hielt auf die Erwachsenen zu – Monsoon trabte am Führstrick in winzigen schwingenden Schritten hinter ihr her.

»Ah, da ist ja dein Prachtjunge!« Herr Brandt besah den Wallach nickend. »Sieht noch genauso beeindruckend aus wie vorher. Allerdings …« Er hob seinen Zeigefinger. »Erkenne ich da etwa einen kleinen Bauchansatz? Zu viele Leckerlis, was?«

Lisi fühlte sich ertappt. »Ich gebe es zu, er guckt immer so lieb und dann werde ich einfach schwach.«

»Da hilft nur eines. Du musst ihn diese Ferien viel reiten und die überflüssigen Kilos abtrainieren.«

Sie lächelte. »Nichts leichter als das. Und am besten fange ich gleich damit an.« Sie wandte sich an ihre Eltern. »Elias und ich wollen gern ausreiten. Darf ich?«

»Hmm, jetzt schon?«, wunderte sich ihre Mutter. »Willst du nicht erst einmal deinen Koffer auspacken?«

»Das kann ich doch später noch tun. Bitte!«, flehte sie.

»Wohin reitet ihr denn?«

Elias gab die Antwort. »Wir bleiben auf der Flüsschen-Route. Mein Vater kennt diese Strecke. Seien Sie unbesorgt, Frau Maiwald. Ich passe gut auf Lisann auf.«

Ihre Mutter nickte. »Na schön. Aber vergiss dein Handy nicht und sei vor fünf Uhr zurück.«

Es dauerte nicht lang, da hatten sie beide ihre Pferde gesattelt.

Gismo war tatsächlich ein beeindruckendes Pferd. Bis auf eine weiße Schnippe war er rabenschwarz und zudem so riesig, dass Elias gerade so über seinen Rücken sehen konnte.

Lisann schüttelte ungläubig den Kopf und setzte ihre Reitkappe auf. »Monsoon sieht neben ihm aus wie ein Pony.«

»Jedes Pferd sieht neben Gismo winzig aus. Von oben erst recht.«

»Und wie kommst du da hoch?«

»Pass gut auf.« Elias verlängerte den linken Steigbügelriemen bis zum letzten Loch. Dann erklomm er Gismos Rücken und kürzte den Riemen wieder. *»Et voilà!«* Er breitete die Arme aus.

»Sehr clever«, lobte sie, doch ihre Worte gingen in einem plötzlichen Gähnen unter. Sie hielt sich die Hand vor den Mund und murmelte: »'tschuldigung …«

»Komm schon. Oder willst du da festwachsen?«, rief Elias über seine Schulter und trieb seinen Trakehner in Richtung Hof.

»Jaja. Schon unterwegs.«

Lisis linker Fuß suchte den Hornbügel. Mit einem Schwung saß sie im Sattel und trabte Elias hinterher. Bereits nach den ersten Schritten verschmolz sie mit Monsoon, als wären sie beide eins. Nur hier oben, auf seinem Rücken, fühlte sie sich vollständig. Sie und Monsoon gehörten einfach zusammen wie Popcorn und Kino oder eine Badewanne und duftender Schaum.

Nebeneinander schlugen sie auf ihren Pferden den Feldweg zwischen den Weiden des Falbenhofs ein. Wenig später waren die ersten Baumreihen des Waldes zu sehen – ein Meer aus Rot-, Gelb-, und Grüntönen. Dahinter begann ein endloses Netz aus sandigen Reitwegen, wie Lisann noch aus den letzten Ferien wusste. Trotz ihrer Müdigkeit stieg ihre Vorfreude. Ein ausgiebiger Galopp würde sie schon wieder aufwecken. Sie gähnte erneut.

»Schicker neuer Westernsattel«, bemerkte Elias anerkennend und sah zu ihr herab. »Ein Diamond C. Gute Wahl!«

»Ja, er ist mein ganzer Stolz«, gestand Lisann begeistert und dachte mit Gänsehaut an den Augenblick, als der Sattler mit sechs wunderschönen Sätteln im Transporter auf den Rapshof gerollt war. Die Auswahl hatte sie regelrecht überfordert, sodass Lisi glücklich gewesen war, dass nur dieser Sattel wie angegossen auf Monsoons Rücken gepasst hatte. »Ein Geschenk meiner Eltern. Wahrscheinlich werde ich für den Rest meines Lebens kein Taschengeld mehr bekommen – so teuer, wie der war. Ein Pferd zu haben, kostet wirklich eine Menge Geld. Das Zubehör, der Stall, die Reitstunden … Habe ich echt unterschätzt, und meine Eltern auch, wenn ich sie manchmal so höre.«

Elias grinste. »Verständlich. Mit meinem Ausbildungsgehalt müsste ich auch lange sparen, um mir so einen Sattel leisten zu können.«

»Wie gut, dass du schon einen hast. Der Westernsattel deines Großvaters ist ja noch top in Schuss, wie ich mich erinnere.«

»Da hast du zwar recht, aber leider liegt er nur rum.« Elias' Gesicht wurde finster.

»Was soll das heißen?« Lisann war verwundert. »Hast du ihn etwa seit dem Sommer noch gar nicht benutzt?«

»An mir liegt es nicht. Mein Dad …« Er machte eine kurze Pause, in der er tief ein- und ausatmete. »Wie du weißt, ist er nicht nur mein Dad, sondern auch mein Ausbilder. Als ich ihm sagte, dass ich das Westernreiten ausprobieren will und deshalb gern ein entsprechendes Pferd auf dem Hof hätte, machte er komplett dicht. Zwei Reitweisen seien eine zu viel. Gerade im letzten Lehrjahr würde mich das nur verwirren, sagte er. Danach … vielleicht …« Elias zuckte die Schultern. »Tja, das war's erst einmal mit dem Cowboy-Spielen für mich, wie er es nennt. Bleibt mir weiterhin nur der Beritt von englisch gerittenen Pferden.« Er klopfte Gismo den Hals.

»Puh, dein Vater ist aber auch ganz schön streng.«

»Das kannst du laut sagen. War er schon immer. Ich kann nur hoffen, dass sich irgendwann eine Gelegenheit für mich ergibt. Aber wenn ich ehrlich bin, sehe ich da fürs nächste Jahr schwarz.« Er lächelte schief zu ihr runter. »Du bist echt zu beneiden, Lisann. Weißt du das?«

»Ich?« Sie gähnte erneut.

»Klar«, stieß er aus. »Obwohl ich auf einem Reiterhof wohne und täglich reite, hast du etwas, das ich nicht habe.« Mit seinem Kinn deutete er zu Monsoon.

Lisann spürte einen Stich in der Magengegend, der ihr Gähnen frühzeitig unterbrach. Es war ein letzter Rest schlechten Gewissens. »Tut mir leid, Elias. Eigentlich hast du deinen Vater damals zum Kauf von Monsoon überredet, weil du ihn für dich haben wolltest. Und dann habe ich mich in ihn verliebt. Es fühlt sich so an, als hätte ich ihn dir vor der Nase weggeschnappt. Dabei wünschst du dir schon lange ein eigenes Pferd.«

»Ach was, so war das doch gar nicht«, wehrte Elias ab. »Monsoon wäre sowieso verkauft worden, wir waren kein gutes Team. Aber du und Monsoon, ihr zwei gehörtet von der ersten Minute an zusammen. Und irgendwann wird mein Traum sicher auch wahr … Hey, langweile ich dich?«

»Was? Wie kommst du denn darauf?«

»Na, du gähnst doch die ganze Zeit.«

»Sorry! Das hat echt nichts mit dir zu tun. Ich habe diese Nacht einfach richtig mies geschlafen.«

»Diese Nacht?« Er zog die Augenbrauen hoch. »Von einmal schlecht schlafen bekommst du gleich so rote Augen?« Sein Finger zeigte auf ihr Gesicht.

»Na, gut, ich schlafe schon länger nicht so super.«

»Zu viel bei Monsoon im Stall, was?«

»Kann schon sein. Wenn du meine Eltern fragst, bestimmt sogar«, sagte Lisann halbherzig.

Für einen Moment waren bloß das Plätschern des Flusses und der leise Hufschlag der Pferde auf dem weichen Waldboden zu hören. Es dauerte, bis Lisi merkte, dass Elias sie von der Seite anstarrte. »Was ist?«

»Das wüsste ich gern von dir.«

»Hä?«

»Ich weiß nicht. Irgendwas ist anders. Wo ist die alte Lisann mit dem Feuer in ihren Augen, wenn sie über ihren Monsoon spricht? Noch vor drei Monaten hast du dich für dieses Pferd, ohne zu zögern, gegen mich, meinen Vater, deine Eltern und den Rest der Welt gestellt.«

Verdammt noch mal, dachte Lisann und spürte, wie ein Schauer ihr über den Rücken jagte. Konnte der Kerl Gedanken lesen?

»Du kannst mir ruhig sagen, was mit dir los ist«, sagte Elias. »Ich sehe doch, dass was nicht stimmt. Hat es mit Monsoon zu tun?«

»Nein! Monsoon ist einfach toll ...« Wie zum Beweis strich sie ihrem Pferd liebevoll über den Hals.

»Dann hau raus. Wir sind hier ganz allein. Niemand außer mir kann dich hören.«

Sie sah in sein Gesicht. Wie hatte er das nur angestellt? All die Wochen trug sie ihr Geheimnis nun schon mit sich rum und plötzlich wollte sie es tatsächlich loswerden. Nur wie? »Ich weiß nicht, wie ich anfangen soll. Das Ganze kommt mir so dämlich vor. Du darfst nicht lachen.«

Elias legte seine Hand auf sein Herz. »Großes Reiter-Ehrenwort.«

Lisann atmete tief ein und gab sich einen Ruck. »Ich habe seit Wochen ganz fiese Albträume. Ich traue mich schon gar nicht mehr einzuschlafen. Selbst vorhin im Auto habe ich wieder schlecht geträumt. Dieser Mist macht mich fertig.«

»Albträume? Krass. Was für welche?«

»Ach, alles Mögliche ...«, wich Lisi ihm aus.

»Hast du deinen Eltern davon erzählt?«

»Bist du verrückt? Du weißt doch, wie sie sind. Sie würden durchdrehen vor Sorge. Nein ...«

»Und Mira?«

»Nicht wirklich ... Ich habe gehofft, die Träume gehen von selber weg. Ist aber nicht so. Keinen Plan, was ich machen soll.« Sie rieb sich die Augen und fühlte sich plötzlich noch müder als vorher.

»Hmm.« Elias sah nachdenklich in den tiefen Wald hinein. Dabei begann er, auf seiner Unterlippe zu kauen. »Weißt du, mit wem ich immer spreche, wenn ich einen Rat brauche?« Er sah sie an. »Mit Oma Alrun.«

Lisann verzog fragend das Gesicht. »Deine Großmutter?«

»Nein. Ich nenne sie nur so. Seit ich denken kann, lebt sie in einer abgelegenen Hütte im Wald. Die Leute sagen, sie ist verrückt. Sie nennen sie Kräuterhexe oder Wahrsagerin. Aber für mich ist sie nur Oma Alrun. Sie weiß alles und hat mir schon oft geholfen.«

»Und du meinst, sie kann auch mir helfen?«

»Finden wir es raus.«

Lisann schöpfte Hoffnung. »Wie weit ist der Weg?«

»Noch ein gutes Stück in den Wald hinein. Wenn wir um fünf Uhr zurück beim Falbenhof sein wollen, müssen wir galoppieren.«

»Dann los«, sagte Lisi entschlossen und nahm die Zügel auf. Allein der Gedanke, sie könnte die lästigen Albträume tatsächlich loswerden, war zu schön, um wahr zu sein. Nach einem Schnalzen stieß sich Monsoon mit den Hinterläufen vom Boden ab und stob hinter Gismo her.

Kapitel zwei

Dumpf klangen die acht Hufe auf dem Waldboden. Der Hohlweg stieg leicht an und verlangte Monsoon einiges an Kraft ab. Immer wieder blitzte der strahlend blaue Himmel durch das Blätterdach. Lisi blieb nicht verborgen, dass die Baumkronen dichter wurden, je länger sie ritten. Sie fühlte schon schmerzhafte Seitenstiche, da parierte Elias Gismo durch.

Er wies mit dem Finger auf ein paar Buchen, von denen seltsame Gebilde aus Stöcken, Steinen, Stroh und Gläsern an Seilen herabhingen. Leise Töne gingen davon aus und zogen durch den Wald.

Lisi war sich nicht sicher, ob sie es schön fand oder doch eher gruselig. Vielleicht beides.

»Hier müssen wir abbiegen. Duck dich.«

Sie ritt hinter Elias unter tiefen Ästen hindurch. Nach einer Weile tauchte vor ihnen eine verwunschene Hütte auf, die ebenso gut aus dem Märchen von Schneewittchen und den sieben Zwergen hätte sein können.

»Wow, wohnt hier Oma Alrun?«, wisperte sie leise.

»Ja.« Elias lachte über ihr erstauntes Gesicht. »Warum flüsterst du?«

»Keine Ahnung«, gab Lisi genauso leise wie vorher zurück.

»Oma Alrun! Bist du da? Ich bin es, Elias!« Er sprang von Gismo und lief auf die Hütte zu.

Knarrend öffnete sich die Tür.

Monsoon ging ein paar Schritte rückwärts – auch ihm schien das alles etwas unheimlich zu sein.

»Ho, ganz ruhig.« Lisann sprang mit einem Satz von seinem Rücken und hielt seine Zügel ganz fest.

Eine alte Frau erschien im Türrahmen. Sie war winzig klein und trug ihr graues Haar zu einem Knoten gebunden. Ihre Finger strichen über die geblümte Schürze. »Elias, mein Junge. Du besuchst mich mal wieder. Was für eine Freude!«

Lisann lächelte erleichtert. Oma Alrun war überhaupt nicht gruselig. Ihre Stimme klang weich wie warme Butter.

Elias nahm Oma Alrun in die Arme. »Ich hoffe, es ist okay, dass ich jemanden mitgebracht habe. Das ist Lisann.«

Die alte Frau faltete die Hände vor der Brust. »Ach, natürlich, ihr lieben Kinder. Stellt eure Pferde zu Hannelore und kommt doch rein.«

»… wie immer«, sagte Elias zufrieden.

»Wer ist Hannelore?«, fragte Lisi.

Elias sah zu einer dicken Kuh, die auf einer kleinen Weide am Rande der grasbewachsenen Lichtung stand. Widerkäuend betrachtete sie die Besucher.

Kurze Zeit später fand sich Lisi an einem gemütlichen Holztisch im Inneren der Hütte wieder. Es roch herrlich nach Gebackenem und süßem Tee.

»Apfelkuchen?«, fragte Alrun und lüftete ein Geschirrtuch, unter dem sich ein Holzbrett und dampfendes Backwerk verbargen.

Der Anblick sorgte bei Lisi für ein Ziehen im Bauch. »Oh, sehr gerne! Aber woher wussten Sie, dass wir …«

»Ich sagte doch: Oma Alrun weiß alles, Lisi«, unterbrach Elias sie.

Lisann schob sich den ersten Bissen in den Mund, da fragte die alte Frau freundlich: »Was möchtet ihr wissen? Ich sehe es euch an, ihr habt etwas auf dem Herzen.«

Lisi schluckte schwer. Wäre Oma Alrun nicht so nett, hätte sie sich jetzt doch gegruselt.

»Du hast wie immer recht«, gab Elias zu. »Lisann hat ein Problem und ich hoffe, dass du ihr helfen kannst.«

»Willst du es mir erzählen?«, fragte Alrun einladend.

»Ich … ich habe Albträume«, begann Lisann zögernd. »Elias hat gesagt, Sie wissen vielleicht, wie ich diese Träume loswerden kann.«

Die alte Frau lächelte und zeigte dabei viele Fältchen um ihre kleinen blauen Augen. »Meistens wird man schlechte Träume los, wenn man ihre Bedeutung versteht. Was träumst du denn? Hat es mit deinem Pferd zu tun?«

»Ja«, sagte Lisann erstaunt.

Elias grinste belustigt. »Nicht wundern, Lisann. Erzähl's ihr.«

»Ich habe Monsoon vor drei Monaten bekommen«, begann Lisann. »Und eigentlich bin ich unendlich glücklich mit ihm. Wenn nur diese Träume nicht wären. Immer will jemand ihn mir wegnehmen. Oder ich kann nicht zu ihm kommen und renne auf der Stelle. Oder ich verliere ihn in letzter Minute auf der Auktion, bei der meine Eltern ihn mir im Sommer gekauft haben.«

»Aha.« Oma Alrun nickte aufmerksam. »Und wie fühlst du dich beim Aufwachen?«

Lisi atmete tief ein und dachte einen Moment nach. »So als würde Monsoon in Wahrheit gar nicht ganz mir gehören.«

»Nun, Lisann«, sagte Alrun bedächtig. »Dann ist das vielleicht auch so.«

»Wie bitte?« Lisi wurde heiß und kalt. Das Kuchenstück in ihrem Mund fühlte sich plötzlich wie ein Stein an. Nur mit Mühe würgte sie alles herunter. »Was soll das heißen?«

»Das heißt, dass Kinder meiner Meinung nach eine Gabe haben, die sie mit dem Älterwerden verlieren. Höre auf sie. Offensichtlich gibt es etwas, das zwischen dir und deinem Monsoon steht. Ein Problem …«

»Aber wir zwei sind unzertrennlich«, protestierte Lisann.

Oma Alrun legte ihr beruhigend eine Hand auf den Arm. »Das glaube ich dir ja.«

Nachdenklich stützte Elias einen Ellenbogen auf den Tisch und legte sein Kinn in die Handfläche. »Was für ein Problem könnte das sein?«

Die alte Frau kicherte. Nun klang sie wirklich ein bisschen wie eine Hexe. »Ich bin doch keine Hellseherin, mein Junge. Nur eine alte Frau mit viel Lebenserfahrung.« Noch einmal wandte sie sich an Lisann. »Meistens steckt die Antwort schon in einem selbst!«

Lisi schüttelte den Kopf. »In mir nicht. Ich zerbreche mir schon seit Wochen den Kopf darüber.«

»Du sagtest eben etwas von einer Auktion. Erzähl mir davon.«

»Elias' Vater war damals überzeugt, Monsoon taugt nicht als Schulpferd für den Falbenhof, weil er so ein Wildfang ist. Darum wurde er zur Auktion gebracht. Drei Interessenten haben auf ihn geboten. Unter anderem der Händler, der Monsoon ursprünglich an Elias und seinen Vater verkauft hatte, und meine Eltern. Zum Glück haben sie gewonnen und Monsoon so gleichzeitig gerettet.«

»Gerettet, sagst du?« Oma Alrun goss die Becher noch einmal mit dampfendem Tee voll. »Wie meinst du das?«

Lisann atmete einmal tief durch. »Ich habe es nie jemandem erzählt, aber ich konnte den Händler mehrfach belauschen. Er sprach am Telefon darüber, Monsoon zuerst zurückkaufen und dann zu einem Abdecker bringen zu wollen.«

»Was?« Elias riss die Augen weit auf. »Lisann! Du hättest mit jemandem darüber reden sollen.«

Sie zog eine Augenbraue hoch. »Und dann? Mir hätte doch keiner geglaubt. Nach meinen heimlichen Ritten auf Monsoon war ich nicht gerade das Lieblingskind auf dem Hof.«

»Da hast du wahrscheinlich recht, aber …« Er schüttelte langsam den Kopf. »Trotzdem ergibt das doch gar keinen Sinn. Warum wollte der Typ Monsoon dringend zurückhaben, nur um ihn danach zu schlachten?«

»Tausendmal hab ich mich das schon gefragt«, gestand Lisi und wärmte sich ihre Finger an dem warmen Becher. »Ich kapier's bis heute nicht. Und noch etwas ist seltsam.«

»Was?«, fragte Elias.

»Nachdem wir Monsoon in meine Heimat zum Rapshof mitgenommen hatten, wollten wir einen neuen Equidenpass für ihn beantragen. Der Händler hatte damals ja gesagt, sein alter Pass sei verloren gegangen. Meine Eltern versuchten, ihn aus diesem Grund anrufen, aber die Nummer war tot. Eine Suche nach dem Namen des Händlers im Internet hat auch nichts ergeben. Er ist wie vom Erdboden verschluckt. Als hätte es ihn nie gegeben.«

»Das ist ja höchst mysteriös.«

Oma Alrun lehnte sich jetzt zurück und nickte. Sie wirkte auffallend zufrieden.

Elias verstand vor Lisann. Sein Gesicht erhellte sich. Er sprang auf. »Das ist es!«

»Was jetzt?«, fragte Lisann.

»Na, denk doch mal nach. Wir müssen das Rätsel um Monsoons Vergangenheit lüften. Wenn wir dahinterkommen, steht nichts mehr zwischen dir und Monsoon. Und dann hören auch bestimmt deine Albträume auf.«

Oma Alrun stand jetzt ebenfalls auf und ging zur Tür. »Habe ich es nicht gesagt? Die Antwort steckte schon in euch. Gemeinsam werdet ihr auf eine Lösung kommen, Kinder. Aber nun reitet wieder los, damit sich keiner auf dem Falbenhof Sorgen macht.«

♥

Im Leichttrab sah Lisi auf ihre Uhr. »Wir haben nur noch zwanzig Minuten, bevor meine Eltern eine Hundestaffel losschicken.«

»Das schaffen wir locker«, rief Elias. »Ich kenne eine Abkürzung. Dieser Weg da führt direkt zum Hof.« Er zeigte auf eine Weggabelung und ritt nach links. Tatsächlich tauchte bald das Flüsschen neben ihnen auf.

Trotzdem ging Lisanns Blick immer wieder sorgenvoll nach oben. Der Himmel über ihnen hatte sich verdunkelt. Die Wolken sahen fast schwarz aus.

»Ich glaube, da kommt ein schweres Gewitter auf uns zu«, sagte Elias. »Wenn wir galoppieren, schaffen wir es vielleicht noch vor dem Regen.«

»Alles klar.« Lisann saß aus und schnalzte. Monsoon fiel sofort in einen weichen Galopp. Bis zu diesem Moment war der Wald still gewesen. Kein Lüftchen hatte die Baumkronen bewegt. Mit einem Mal aber kam ein Sturm auf. Der Wind fegte mit solcher Wucht durch das Geäst, dass die leuchtend gelben Blätter nur so durch die Luft gewirbelt wurden. Wenig später jagten sie auf ihren Pferden aus dem Wald heraus auf die freien Felder, wo der Wind noch stärker wehte. Über ihnen grollte schon der Donner, als der Falbenhof endlich vor ihnen auftauchte.

»Gleich haben wir es geschafft«, rief Elias laut, um die Geräusche des Sturms und der Hufe zu übertönen. »Ich glaube, wir bleiben trocken.«

Kaum hatte er das ausgesprochen, spürte Lisi auch schon die ersten Tropfen auf ihrer Haut. Dann ging ein tosender Schauer auf sie nieder. Blitze zuckten am Himmel, gefolgt von einem krachenden Donnerschlag.

Klatschnass erreichten sie den Hof, wo Lisis Eltern schon im Türrahmen warteten.

»Da seid ihr ja endlich«, stieß ihre Mutter erleichtert aus. »Du bist ja nass bis auf die Haut.«

»Halb so schlimm, Mama«, versicherte Lisi. »Ich bringe nur schnell Monsoon in seine Box.«

»Ist gut, aber beeil dich, ansonsten wirst du noch krank. Ich mache dir schon mal einen Tee.«

Elias und Lisann betraten die Stallgasse, wo sie den Pferden die Sättel abnahmen und ihnen die Abschwitzdecken überwarfen. Gierig stürzten die Pferde sich auf ihre Portion Müsli, die bereits in den Trögen wartete. Die vergitterten Schiebetüren fuhren quietschend in ihre Schlösser.

Elias wischte sich mit dem Unterarm ein paar Tropfen aus dem Gesicht. »Also, wie wollen wir morgen mit unserer Mission anfangen?«

Lisi tippte sich nachdenklich an die Unterlippe. »Ich hätte da tatsächlich eine Idee.«

»Bin ganz Ohr.«

»Damals, kurz nachdem dein Vater Monsoon gekauft hatte, konnte ich zufällig den Händler beobachten. Er holte eine Plastiktüte aus dem Handschuhfach seines Wagens und warf sie in die Büsche. Dabei sagte er zu jemandem am Telefon, dass Monsoons Geheimnis nun für immer gewahrt bleiben würde.«

»Sein Geheimnis?«, wiederholte Elias erstaunt.

»Ja.« Lisi zuckte die Schultern. »Wenn wir diese Plastiktüte finden könnten, wären wir vielleicht einen Schritt weiter. Allerdings weiß ich nicht, wie erfolgversprechend die Suche sein wird. Ich habe natürlich schon allein gesucht – keine Chance.«

»So schnell geben wir nicht auf. Vier Augen sehen schließlich mehr als zwei. Und wenn Mira morgen kommt, haben wir noch zwei Augen mehr.«

»Aber wie wollen wir unbemerkt danach suchen? Der ganze Hof ist voller Reitschüler und dein Vater wird sicher Fragen stellen, wenn er uns in den Büschen rumschleichen sieht.«

»Hmm.« Elias kniff die Augen zusammen. Dann verzog sich sein Gesicht zu einem schelmischen Grinsen. »Lass mich nur machen, Lisann.«

Sie hatte keine Ahnung, was Elias plante, aber sie vertraute ihm.

Gemeinsam löschten sie das Licht in der Stallgasse und traten an die geöffnete Flügeltür. Noch immer regnete es in Strömen.

»Danke, Elias. Voll cool von dir, dass du mir helfen willst.«

»Klar doch. Irgendwie finde ich, dass ich dir und Monsoon aus den letzten Ferien noch was schuldig bin. Da war ich echt ein Idiot.«

»Längst vergeben und vergessen!«

Elias lächelte und fragte: »Rennen?«

»Rennen!«, gab Lisi zur Antwort.

Dann eilten sie hinaus in den Regen.

Kapitel drei

Am nächsten Morgen war der Himmel grau. Dem aufgeweichten Boden nach zu urteilen, musste es die ganze Nacht wie aus Eimern geschüttet haben. Überall standen tiefe Pfützen. Lisis lederne Reitstiefel gaben beim Laufen über die Weide ein schmatzendes Geräusch von sich.

Sie hatte sich das Halfter über die Schulter gehängt und die Hände tief in ihren Westentaschen vergraben, in denen noch zerbröselte Leckerlis steckten. Die Luft war an diesem Morgen kalt. Lisann hoffte, Monsoon gleich zu finden, damit sie rasch zurück in den Stall konnte, wo es zu dieser Tageszeit noch ein bisschen gemütlicher war als draußen.

Inmitten der anderen Pferde vom Falbenhof entdeckte sie ihn im hohen, regennassen Gras. Lisi war noch ein gutes Stück von ihm entfernt, da hob Monsoon den Kopf und sah zu ihr herüber. Er stieß ein lang gezogenes Wiehern aus, das seinen Bauch vibrieren ließ.

Lisann lächelte. Sie liebte diese Begrüßung und beschleunigte ihren Schritt. Als sie jedoch ein weiteres Mal aufblickte, trennte sie und Monsoon plötzlich ein Zaun. Verwirrt blieb sie stehen und betrachtete die weißen Holzbalken. Monsoon wieherte noch einmal. Es klang plötzlich verzweifelt. Wie ein Hilferuf. Lisann wollte zu ihm. Gerade setzte sie an, um über den Zaun zu klettern, da waren es nicht mehr zwei Querbalken, sondern drei. Nein, vier. Jetzt fünf … der Zaun wuchs immer weiter in die Höhe.

»Nein, nein, nein …!«

Lisann schreckte hoch. Mit einem Ruck saß sie aufrecht in ihrem Bett. Ihr Atem ging schnell. Schon wieder ein Albtraum! Erst nach und nach beruhigte sich ihr Herzschlag wieder. Sie sah auf den Wecker, der genau acht Uhr zeigte. Dann fiel ihr Blick nach links, wo Miras leeres Bett war. Zu gern hätte sie ihr jetzt alles erzählt. Höchste Zeit, dass ihre beste Freundin endlich ankam.

Plötzlich vernahm Lisann ein Motorengeräusch, das sich langsam näherte. Es war eine Mischung aus Quietschen und Rattern. Sie kannte es genau. »Der Bulli!«

Lisi zog sich in Windeseile eine Jeans und einen Kapuzenpullover an und griff sich ein Haarband, mit dem sie sich noch auf der Treppe einen Pferdeschwanz band.

Auf dem Hof stürmte sie Mira entgegen, die gerade ausstieg. »Endlich, endlich, endlich!«

»Lisi!«, jubelte Mira und schloss ihre Freundin in die Arme.

Auch Alice und Lenny, Miras Eltern, begrüßten Lisann mit einer herzlichen Umarmung.

Gleich darauf schimpfte Mira los: »Eines sag ich dir, Lisi: Das nächste Mal fahre ich mit euch. Dieser dämliche Bulli hat mich einen ganzen Ferientag gekostet. Sag mir bitte, dass ich hier nichts Aufregendes verpasst habe!«

Lisann presste die Lippen aufeinander. Sie konnte unmöglich jetzt vor allen die Wahrheit sagen und von Oma Alrun erzählen. Belügen wollte sie Mira aber auch nicht. Ihr Gesichtsausdruck reichte offenbar aus.

»Verdammt, ich wusste es!« Mira klemmte sich eine dunkle Locke hinter die Ohren und verlangte: »Du musst mir alles ganz genau erzählen. Haarklein. Jede Winzigkeit. Jedes …«

Lisi zog sie am Ärmel und flüsterte ihr zu: »Pscht, nicht hier!«

Mira erstarrte, denn sie verstand zum Glück sofort.

Mittlerweile waren auch Lisis Eltern, Bernd und Anja, aus dem Haus gekommen. Sie waren sichtlich glücklich, ihre Freunde zu sehen.

»Hey, ihr habt es geschafft. Der Bulli läuft also wieder«, stellte Lisis Vater fest.

»Ja, aber leider kam das ersehnte Ersatzteil erst gestern Abend«, sagte Alice und strich ihrem Mann mitfühlend über den Arm. »Der arme Lenny hat die halbe Nacht geschraubt und kaum geschlafen.«

»Jetzt seid ihr ja da und euer Urlaub kann beginnen«, freute sich Anja. »Kommt rein. Wir haben uns schon etwas für heute überlegt. Es gibt da eine Ausstellung im Heimatkundemuseum nicht weit von hier und …«

Lisann sah den vier Erwachsenen nach, die in Richtung Haus liefen, als Mira unvermittelt ihre Hand griff und sie fest drückte.

»Da kommt Elias«, presste sie zwischen den Zähnen hervor.

Er zwinkerte Mira zu, die daraufhin hörbar den Atem einsog. Lisann grinste, als sie die roten Wangen ihrer Freundin sah.

»Familie Jansson, herzlich willkommen auf dem Falbenhof«, rief er Lenny und Alice zu.

»Ah, Elias. Vielen Dank für die Begrüßung.«

»Ich möchte Sie nicht gleich überfallen. Nur eine kleine Frage: Mein Vater und ich haben festgestellt, dass das reiterliche Niveau unter den Schülern diese Ferien sehr hoch ist. Für Lisi wäre das kein Problem, aber um es Mira etwas leichter zu machen, könnte ich ihr und Lisann die ersten vier Tage intensiven Einzelunterricht geben. Danach dürfte Mira der Anschluss in die Gruppe gut gelingen. Natürlich kostenlos – und nur wenn alle damit einverstanden sind.«

Lisann verkniff sich einen kleinen Freudenschrei. Genial! Auf diese Weise würden sie drei unbemerkt nach Monsoons Vergangenheit suchen können.

Mira hingegen guckte etwas verwirrt.

Ihre Eltern sahen einander an. »Einzelunterricht …«, wiederholte Alice. »Für mich klingt das sehr gut.«

»Ja, ich muss auch sagen, eine hervorragende Idee«, nickte jetzt auch Lenny. Er wandte sich an Mira und Lisann. »Was sagt ihr zwei dazu?«

»Super! Ich bin dabei«, rief Lisi schnell und drückte nun die Hand ihrer Freundin. »Ist doch ein prima Vorschlag, oder?«, raunte sie auf eine Weise, die keinen Widerspruch duldete.

Mira nickte langsam. »Sicher. Super.«

»Gut«, sagte Elias nur. »Wir treffen uns um zehn Uhr bei den Schaukeln.«

♥

Die Zimmertür fiel ins Schloss. Mira und Lisann wuchteten Miras riesigen Koffer in eine Ecke.

»Was hast du da drin? Steine?«, ächzte Lisi.

Mira gab keine Antwort. Stattdessen schob sie ihre beste Freundin zu ihrem Bett und drückte sie an den Schultern herunter. »Setz dich! Und jetzt erzählst du mir, was hier vor sich geht. Du und Elias, ihr habt doch was ausgeheckt!«

»Schon gut, schon gut«, wehrte Lisi lachend ab. »Ich erzähle dir die Kurzversion, okay? Wir haben nämlich heute noch was Wichtiges zu erledigen.«

Mira sank auf ihr Bett und begann, vor Aufregung an ihren lackierten Nägeln zu kauen. Der offensichtlich eklige Geschmack ließ sie aber das Gesicht verziehen.

»Erinnerst du dich an meine Albträume?«, wollte Lisann wissen.

Mira runzelte nachdenklich die Stirn. »Warte … Du hast sie einmal erwähnt. Sie hatten mit Monsoon zu tun.« Erstaunt zog sie jetzt die Augenbrauen hoch. »Sag nicht, die sind immer noch da!«

»Ja, ich werde sie einfach nicht los.«

»Das ist ja schrecklich«, stieß Mira aus. »Und ich habe dich nicht ernst genommen. Das tut mir so leid, Lisi.«

»Schon in Ordnung. Ich bin dir nicht böse. Aber ich will, dass sie endlich verschwinden. Elias hatte eine Idee, wie das gelingen kann. Hör zu …« Lisann berichtete von Oma Alrun, dem seltsamen Verhalten des Händlers und von dem Plan, Monsoons Vergangenheit auf die Spur zu kommen.

Mira hing gebannt an ihren Lippen. Als Lisi endete, ließ sie die Hand vor ihrem Mund langsam wieder sinken. »O Mann, das ist ja eine unglaubliche Geschichte. Ich kann nicht fassen, dass ich das alles an nur einem Tag verpasst habe.«

»Hauptsache, du bist jetzt da. Wir haben noch neun Tage, um Monsoons Geheimnis herauszufinden.«

Mira begann zu grinsen. »Diese Ferien versprechen schon jetzt sehr interessant zu werden.« Sie stand auf und krempelte ihre Ärmel hoch. »Komm schon, ein gewisser Mister Sexy wartet auf uns.«

Lachend eilten sie die Treppe hinunter, wo ihre Eltern sich für ihren Tagesausflug bereitmachten. Gemeinsam verließen sie das Haus.

»Viel Spaß, Kinder«, rief Alice ihnen winkend hinterher, bevor sie ins Auto stieg.

»Vergesst nicht eure Reitkappen«, rief Anja besorgt.

»Natürlich nicht, Mama«, antwortete Lisi folgsam und rechnete fest damit, dass jetzt wohl noch mehr dieser Tipps kamen. Doch zum Glück gab es Alice!

»Steig schon ein, Anja. Und mach dir nicht so viele Gedanken. Sie haben doch einen Privatlehrer. Was soll schon passieren?«, beruhigte sie ihre Freundin.

Wenig später fuhr der Audi auf die Allee. Kaum war er um die Ecke, da sahen Lisi und Mira sich abenteuerlustig an. Wie aus einem Mund riefen sie: »Sealclap!« Dabei klatschten sie aufgeregt in die Hände und hüpften auf der Stelle. Es war ihr gemeinsames Ritual, immer dann, wenn etwas ganz besonders gut klappte.

Elias wartete bereits bei den Schaukeln. »Da seid ihr ja.«

»Dein Plan war einfach megagut«, lobte Lisann.

»Danke. Es war gar nicht so leicht, meinen Vater zu überzeugen. Ich musste ihm versprechen, dass ich keine meiner Aufgaben vernachlässige.« Er zählte auf und nahm seine Finger zu Hilfe. »Ausmisten der Privatställe, Verabreichen von Medikamenten, Erstellen von Futterplänen, Reparatur eines Weidezauns. Gismo darf ich auch nicht vergessen …«

»Wir können dir helfen«, unterbrach Mira ihn schnell.

Lisi nickte zustimmend.

»Klingt gut. Da sag ich nicht Nein«, erwiderte Elias.

Das Geklapper von vielen Hufen auf hartem Boden erklang plötzlich hinter ihnen.

»Wenn man vom Teufel spricht …«, sagte Elisas leise.

Herr Brandt kam mit den Reitschülern um die Ecke geritten. »… wir bilden eine Abteilung. Am Straßenrand reitet ihr hintereinander mit einer Pferdelänge Abstand zum Vordermann. Bevor wir den Weg in den Wald einschlagen, gurtet jeder kräftig nach …«

Die neun Reiter verließen den Hof, ohne Notiz von Lisi und ihren Freunden zu nehmen.

»Jetzt sind wir allein. Kommt …«, forderte Elias. Gemeinsam liefen sie zur alten Scheune, in deren Nähe der Pferdehändler damals geparkt hatte.

Schon von Weitem musterte Lisi das Gestrüpp, das in den letzten drei Monaten enorm gewachsen war. Je näher sie kamen, desto schlimmer sah es aus. Zwischen manchen Büschen ragten dornige Wucherpflanzen hervor. Für einen Augenblick verlor sie die Hoffnung.

»Was für ein Urwald«, stöhnte Mira.

Elias rieb sich das Kinn. »Ja. Nicht sehr einladend. Wollen wir da wirklich rein?«

Lisann zögerte erst. Dann aber dachte sie an ihre Albträume und ballte die Fäuste. »Wir geben doch jetzt nicht schon am Anfang klein bei. Die paar Büsche halten mich nicht auf.«

Mira kam an ihre Seite. »Mich auch nicht.«

»Alles klar«, sagte jetzt auch Elias entschlossen. »Wo sollen wir anfangen?«

»Ungefähr hier hat der Mann gestanden. Er nahm die Plastiktüte aus dem Handschuhfach und warf.« Lisi ahmte die Bewegung nach.

»Okay. Am besten, wir verteilen uns.« Elias drehte sein Cap verkehrt herum. »Passt gut auf, wo ihr hintretet. Irgendwo dort hinten ist eine steile Böschung, die zum Flüsschen runterführt.«

Lisann sah ihre Freunde zwischen den Ästen verschwinden und machte sich selbst auf den Weg. Dabei besah sie den Boden. Jeder Zentimeter war voller Herbstlaub. Irgendwo darunter musste die Tüte verborgen liegen. Anfänglich spürte sie ihr Herz vor Aufregung klopfen. Doch in den nächsten Stunden schwand ihre Zuversicht. Nichts – außer Kratzspuren auf den Armen von dornigen Zweigen.

»Vergesst es, wir finden diese Tüte nie«, hörte sie von links. Mira musste irgendwo dicht bei ihr sein, doch das Gestrüpp war so undurchdringlich, dass sie sie nicht sehen konnte.

»Ich hasse es aufzugeben«, rief Elias von rechts. »Aber ich glaube auch, es ist sinnlos.«

Lisi blickte noch ein letztes Mal um sich. Irgendwo hinter ihr plätscherte das Flüsschen. »Okay, ich komme auch raus.« In derselben Sekunde verlor ihr rechter Fuß den Halt. »Ahhh!« Lisann rutschte auf dem Hintern die Böschung hinunter. Mit einem lauten Platschen landete sie im kalten Flusswasser, das ihr bis zum Bauchnabel reichte. Die Kälte presste ihr kurz die Luft aus den Lungen.

»Lisi! Ist dir was passiert?« Mira war als Erste zur Stelle – mit Blättern und Stöckchen in den Haaren.

Lisann hielt ihre Arme über dem Wasser. Sie hörte selbst, dass ihre Stimme höher klang als sonst. »Komm schnell her und stell keine doofen Fragen. Es ist eisig.«

Elias war schneller als Mira. Auf einer Hacke schlitterte er die Böschung hinab und zog Lisi aus dem Wasser. »Hab ich nicht gesagt, ihr sollt auf den Fluss aufpassen?«

»Ich b…bin auf etwas a…a…ausgerutscht«, sagte sie bibbernd und schlang sich die Arme um den Körper.

Mira bückte sich und hob mit spitzen Fingern einen knisternden Gegenstand auf. »Die Plastiktüte! Krass, du hast sie echt gefunden.«

»Ist mir g…g…gerade p…p…piepegal.«

Elias schob Lisi die Anhöhe hinauf und ließ sich von Mira die Tüte überreichen. »Lisann muss sich was Trockenes anziehen. Danach treffen wir uns in meinem Zimmer und sehen uns den Fund in Ruhe an.«

Wenig später traten Lisi und Mira durch die angelehnte Tür des Haupthauses.

»Elias?«, rief Lisann in der Diele.

»Treppe rauf. Ganz nach oben«, schallte es zu ihnen runter.

Die Holztreppe des alten Hauses knarrte, als sie der Stimme entgegenliefen.

»Wow, du hast eine ganze Etage für dich allein«, bemerkte Mira staunend und betrat den ausgebauten Dachboden – ein einziger Raum mit hölzernen Balken in der Mitte und sechs großen Fenstern. An den Wänden hingen Poster von Rockbands. Ein Fernseher zeigte tonlos die Videos eines Musiksenders.

»Ja, hier ist mein Reich. Fühlt euch wie zu Hause.« Elias wies auf eine schwarze Couch, die ihre beste Zeit schon hinter sich hatte. Die Lehnen zeigten Risse im Leder. Auf einem alten Kissen lag die Stallkatze Fritzi und putzte sich. »Habt ihr Durst? Greift zu.«

Mira und Lisann ließen sich auf das Polster fallen und nahmen sich ein Glas Cola.

»Dann wollen wir mal.« Elias verscheuchte Fritzi sanft von ihrem Platz. Die dreckige Tüte knisterte, als er versuchte, den Knoten zu öffnen.

»Reiß sie schon auf. Ich platze vor Neugier«, verlangte Mira ungeduldig.

Elias verteilte den Inhalt auf seinem braunen Fliesentisch.

»Fotos!«, stieß Lisann aus und nahm sich die ersten beiden Bilder. Sie klebten zusammen. Beim Versuch, sie auseinanderzuziehen, löste sich die Farbe ab. »O nein, alles nass geworden. Die Tüte war wohl undicht.«

»Ist noch irgendwas zu erkennen?«, fragte Elias.

»Na ja, teilweise. Das hier zeigt ein braunes Pferd auf einer Weide. Und das ein Brandzeichen. Hast du eine Ahnung, zu welcher Rasse es gehört?«, fragte Lisann Elias.

»Nee, nie gesehen. Sieht aus …« Er kniff die Augen zusammen. »… wie ein Kreis mit einem komischen A drin.«

Mira hielt ein weiteres Foto hoch. »Ich hab zwar die wenigste Ahnung von uns dreien, aber dieses Brandzeichen erkenne selbst ich.«

Zwei deutlich lesbare weiße Buchstaben, B und R, prangten ihr auf goldbraunem Fell entgegen.

Lisann war es, als würde ihr jemand einen Eimer des eisigen Flusswassers von eben über den Kopf gießen. »Das ist Monsoon! Diesen Kaltbrand trägt er unter der Mähne!«

Mira starrte sie an. »Was hat das zu bedeuten?«

»Hmm.« Elias betrachtete die Bilder eingehend. »Lasst mal überlegen. Ein Händler macht von seinen Verkaufspferden und deren Brandzeichen Fotos. Erst mal nix Ungewöhnliches, würde ich sagen.«

»Aber dass er die Fotos in die Büsche wirft, ist schon ungewöhnlich«, entgegnete Lisi.

»Ja, und dass er von einem Geheimnis spricht«, ergänzte Mira und begann, die zerstörten Bilder nebeneinanderzulegen. Dabei murmelte sie vor sich hin: »Pferd, Pferd, Wiese, Pferd, Brandzeichen, Brandzeichen, Pferd, Wiese …«

»Stopp!«, rief Elias plötzlich und wühlte ein Foto hervor, von dem nur noch die obere Hälfte zu erkennen war. »Ich weiß, wo das ist. Das ist die Weide, auf der ich Monsoon das erste Mal gesehen habe.«

»Gib mal her.« Mira nahm ihm das Foto aus der Hand. »Bist du dir sicher? Könnte doch jede Wiese sein.«

»Nein. Ich erkenne die schäbige Hütte am Ende der Weide wieder.«

Jetzt nahm Lisann Mira das Bild weg. Sie hielt es ins Licht, um mehr zu erkennen. Eigentlich hatte sie die Bretterbude betrachten wollen, da fiel ihr etwas auf. »Seht mal, hier sind Zahlen zu erkennen. Als hätte jemand mit Kugelschreiber etwas aufgeschrieben, während das Foto darunter lag.«

»Tatsächlich, du Detektiv. Vier, zwei, fünf, zwei«, las Mira vor.

»Was kann das bedeuten?«, fragte Lisann und nippte an ihrer Cola.

»Das werden wir wohl nur auf eine Weise rausfinden.« Elias blickte die Mädchen verschwörerisch an. »Wir müssen zu dieser Weide reiten. Vielleicht gibt es da noch einen Hinweis oder möglicherweise treffen wir sogar den Händler dort an.«

»Ja!«, stieß Mira abenteuerlustig aus.

»Wie weit ist es dorthin?«, fragte Lisi.

»Heute schaffen wir es nicht mehr. Aber wenn wir morgen gleich nach dem Frühstück losreiten, sollten wir vor der Mittagszeit ankommen.«

Lisann sah ihre Freundin an. Beide nickten.

»Abgemacht!«, sagte Mira. »Und was machen wir mit dem Rest des Tages?«

Lisi stand auf. »Also ich habe jetzt große Monsoon-Sehnsucht. Er fragt sich sicher schon, warum ich heute noch nicht bei ihm war.«

»Gismo langweilt sich bestimmt auch«, gab Elias zurück. »Aber ich muss erst die Boxen ausmisten, sonst flippt mein Vater aus.«

»Nicht du. Wir!«, verbesserte Mira. »Los, je schneller wir damit fertig sind, desto eher sind wir mit den Pferden im Wald.«

Kapitel vier

Der Mann zog seine Kappe tiefer ins Gesicht und schlug sich die dunkle Kapuze noch darüber. Er sah sich immer wieder um. Eigentlich hätte er frieren müssen, denn die Sonne war noch nicht aufgegangen und es war frostig. Aber er spürte keine Kälte – dazu war er viel zu aufgeregt.

Seit bestimmt einer Stunde wartete er auf den richtigen Augenblick. Dann war er da. In der Ferne, im Wald, sah er ein Licht aufblinken. Dreimal. Pause. Dreimal.

Das verabredete Zeichen! Wieder sah er Richtung Stall. Die Lichter im Inneren waren noch immer aus. Er lauschte. Keine Türen klappten. Das einzige Geräusch kam von den Pferden vor ihm auf der Weide, die genüsslich an dem letzten grünen Gras rupften.

Leise, wie ein sich anschleichender Indianer, näherte er sich dem Zaun. Mit einem Klicken schaltete er das Stromgerät aus und schlüpfte hindurch. Seine Hand fuhr rechts in die tiefe Jackentasche und zog einen Strick heraus. Das Pferd, das er dabei anvisierte, hob den Kopf und stellte die Ohren spitz auf. Es wartete, schnaubte.

Der Mann streckte seine Hand aus. Ein Leckerli lag darauf. Das Pferd roch zunächst nur daran, dann nahm es die Gabe mit den Lippen auf und kaute knurpsend darauf herum.

»So ist es brav«, raunte er leise und griff nach dem Halfter, das der Wallach trug. Er befestigte den Karabinerhaken am Ring in der Kinngrube und führte das Pferd zum Zaun. Wieder fuhr seine Hand in die Tasche. Ein Taschenmesser kam zum Vorschein. Die glänzende Klinge klappte auf und er begann, die Weidezaunlitze zu zerschneiden.

Das Messer war stumpf und der Draht des Elektrozauns robust. Immer schneller sägte er daran herum. Das Pferd hinter ihm wurde nervös und wieherte plötzlich schrill.

In diesem Moment begann ein Hund, wütend zu bellen, und der Hof erwachte zum Leben. Überall gingen die Lichter an.

Der Zaun war durchtrennt und der Draht fiel zu Boden, da schoss der Hofhund knurrend über die Weiden.

Dem Pferdedieb gefror das Blut in den Adern, als er das sah. Er ließ den Strick los, worauf der Wallach davongaloppierte und die anderen Pferde ihm folgten. Der Mann selbst rannte in die entgegengesetzte Richtung, auf das Licht im Wald zu, um seine eigene Haut zu retten.

♥

Lisi hatte seit dem Aufwachen ein seltsames Kribbeln im Bauch. Sie setzte sich auf die unterste Treppenstufe und griff nach ihren Stiefeln. Dabei bemerkte sie, dass ihre Finger zitterten.

»Komm schon, wir müssen los«, drängte Mira und schulterte den Rucksack mit den geschmierten Brötchen.

»Jaja«, gab Lisi zurück. »Es ist doch erst sieben.«

»Erst? Du weißt genau, wie Frosti immer aussieht, wenn er von der Weide kommt. Um acht wartet Elias bei der Allee.«

»Keine Sorge. Ich helfe dir beim Putzen, wenn Frosti mal wieder keine Schlammpfütze zum Wälzen ausgelassen hat.« Auch Lisi setzte sich nun ihren Rucksack auf. Die Wasserflasche darin gluckerte. In Richtung Wohnzimmer rief sie: »Ciao! Bis später!«

»Viel Spaß mit eurem Privatlehrer, ihr VIP-Reiter«, scherzte Lenny mit vollem Mund vom Frühstückstisch aus.

»Hast du deine Regenjacke, Lisi?«, warf ihre Mutter hinterher.

»Äh, Mama, draußen ist blauer Himmel.«

»Und wenn später Wolken aufziehen?«

Lisann rollte die Augen. Dennoch stopfte sie ihre Regenjacke in den Rucksack und rief: »Hab sie eingepackt.« Zu Mira hingegen flüsterte sie: »Lass uns schnell gehen, sonst muss ich auch noch Schal und Mütze mitnehmen.«

Beide pressten die Lippen zusammen, um nicht laut loszulachen.

Draußen empfing sie klare kühle Luft und fröhliches Vogelgezwitscher, das es so nur am frühen Morgen gab. Es begleitete Lisi und Mira bis zu den Pferden, die an diesem Tag auf einer Weide hinter den Ferienhäusern standen. Sie gingen den Trampelpfad entlang bis zum Gatter. Gerade in diesem Moment stieg die Sonne über die Baumkronen.

Das Gras, auf dem noch Morgentau lag, schimmerte silbrig weiß und ein erdiger Geruch entstieg dem feuchten Boden.

»Da sind die Pferde«, rief Lisann und zeigte in die Ferne, wo eine kleine Herde friedlich graste.

»Monsoon und Frosti stehen sogar nebeneinander«, bemerkte Mira und machte sich am Tor zu schaffen.

»Warte!«, hielt Lisi sie auf. »Wollen wir doch mal sehen, ob wir uns den Weg nicht sparen können.«

Sie formte mit den Händen einen Trichter und rief: »Monsoooooon!«

Mira zog die Augenbrauen hoch. »Das klappt doch nur im Fernsehen.«

Doch der Wallach hob sofort den Kopf, als er Lisanns Stimme hörte. Aus seinen Nüstern stiegen kleine Dampfwölkchen. Sein schrilles Wiehern erfüllte die kühle Oktoberluft. Es klang wie eine freudige Begrüßung. Dann vollführte er aus dem Stand eine Hinterhandwendung und galoppierte mit donnernden Hufen auf sie zu. Übermütig schüttelte er dabei den Kopf, sodass die langen Strähnen der schwarzen Mähne ihn umspielten wie Sonnenstrahlen.

»Boah, wie hast du das gemacht?«, stieß Mira begeistert aus. »Er ist echt dein Seelenverwandter.«

»Ja, das ist er.« Glücklich sog Lisann den Takt seiner Hufe in sich auf.

»Sieh mal, die anderen kommen ihm hinterher. Sogar Frosti«, rief Mira freudestrahlend. »Dieser Morgen fängt echt gut an.«

Tatsächlich schafften Lisann und Mira es, ihre Pferde so

schnell aufzusatteln, dass sie sogar kurz vor der verabredeten Zeit am Treffpunkt bei der Allee ankamen.

»Da kommt Elias.« Mira zeigte zum Stall der Privatpferde, wo er und Gismo gerade aus der offenen Flügeltür traten.

Mit seinem Steigbügeltrick stieg er auf und ließ seinen Rappen dann am langen Zügel auf sie zutrotten. »Na? Bereit für ein Abenteuer?«

»So was von bereit!« Mira strahlte ihn verknallt an.

Lisann dachte grinsend, dass ihre Freundin gerade wohl kaum an die heutige Mission dachte, sondern eher an die nächsten Stunden mit ihrem Schwarm.

»Dann schnell los, bevor mein Vater noch lästige Fragen stellt.« Elias setzte sich an die Spitze.

»Kennst du den Weg auswendig?«, fragte Mira.

»Das erste Stück schon. Für den Rest habe ich eine Karte dabei.«

Anfangs war das Tempo gemächlich. Irgendwann aber entschieden sie sich für einen flotten Trab. Elias führte sie zielsicher durch eine Landschaft, die sich ständig veränderte. Apfelbäume säumten ihren Weg und verströmten einen wunderbaren Duft. Die Luft war erfüllt vom Summen der Bienen und dem Zwitschern der Vögel.

Die Sonne war bereits ein gutes Stück gewandert, als sie an einem plätschernden Flüsschen eine Rast einlegten. Durstig stürzten sich die Pferde zunächst aufs glasklare Wasser, dann auf das saftige Gras am Ufer.

Elias erklomm neben Lisann und Mira einen umgestürzten Baumstamm und holte die Karte aus seinem Rucksack hervor. »Wir sind hier. Und unser Ziel liegt dort«, erklärte er und fuhr die verbleibende Strecke mit dem Finger ab.

»Sieht nicht mehr weit aus«, bemerkte Mira und biss herzhaft in ihr Brötchen.

»Ist es auch nicht. Ich schätze, noch zwanzig Minuten, dann sind wir da.«

»Ich bin richtig aufgeregt«, gestand Lisann und wischte ihre feuchten Handflächen an ihrer Hose ab, bevor sie ihre Proviantdose öffnete. »Was, wenn wir den Händler dort tatsächlich antreffen?«

»Ist doch logo. Wir quetschen ihn aus und lassen ihn nicht eher gehen, bis er uns alles über Monsoon gesagt hat – angefangen bei seiner Geburt.« Aus Miras Mund klang es, als wäre das die natürlichste Sache der Welt.

Lisann grinste. »Schön und gut, du kleiner bissiger Terrier. Aber was für Fragen genau wollen wir ihm denn stellen?«

Elias gab Antwort. »Ich will unbedingt wissen, ob er wirklich nicht geahnt hat, dass Monsoon ein Westernpferd ist. Möglicherweise hat er gelogen, weil er hoffte, ihn als englisch gerittenes Pferd besser verkaufen zu können.«

»Dann wäre er eindeutig ein Betrüger«, schlussfolgerte Mira.

»Und dann könnte er sich auf was gefasst machen«, knurrte Elias. »Dieser Irrtum hat allen so viel Ärger beschert. Und diesmal lasse ich mich nicht von seinen Worten blenden wie damals beim Kauf.«

Er holte sich einen Apfel aus dem Rucksack. Das unverwechselbare Knacken, als er hineinbiss, lockte Monsoon an. Ohne zu fragen, nahm Lisi Elias die angebissene Frucht aus der Hand und reichte sie weiter an ihr Traumpferd.

»He …«, beschwerte sich der Beklaute.

»Tut mir leid, aber er guckt einfach immer so süß«, sagte Lisi entschuldigend und strich Monsoon über die Nase.

»Und wenn wir den Händler nicht finden? Und auch sonst keinen Hinweis? Was dann?« Mira steckte sich den letzten Brötchenhappen in den Mund.

Elias stieß sich ab und hüpfte ins Gras. »Dann brauchen wir schnell eine neue Idee, um Monsoons Vergangenheit auf den Grund zu gehen. Wir haben nur drei Tage, in denen wir ungestört Nachforschungen anstellen können. Aber eins nach dem anderen. Darüber machen wir uns am besten erst Gedanken, wenn es so weit ist.«

Die Pferde hatten sich merklich erholt und schritten weit aus, als sie ihren Ritt fortsetzten. Es ging leicht bergauf. Bald erreichten sie eine Hügelkuppe, von wo aus sie die Baumkronen des Waldes sehen konnten.

»Dort ist es«, kündigte Elias an und zeigte auf eine grasbewachsene Lichtung, die von hohen Fichten umschlossen war.

Wenig später an ihrem Ziel, stiegen Elias, Mira und Lisann ab und sahen sich um.

»Ein seltsamer Platz für eine Pferdeweide. Wo ist denn der Zaun vom Foto hin?«, fragte Mira.

»Gute Frage«, erwiderte Elias.

Lisann runzelte die Stirn. »Das Gras ist überhaupt nicht platt getreten. Hier war lange kein Mensch und kein Pferd mehr.«

»Ich erkenne die Weide aber todsicher wieder.« Elias holte das Foto hervor, hielt es hoch und drehte sich um die eigene Achse. »Da vorne ist der Verschlag.«

»Oje, was für ein Müllhaufen«, sagte Lisann, als sie die Bretterbude sah. Sie war überzeugt, der nächste starke Windstoß könnte diese zum Einsturz bringen.

Mira pflichtete ihr bei. »Da drin werden wir sicher nichts Hilfreiches finden. Lasst uns zurückreiten und einen neuen Plan machen.«

Mira war dabei, wieder aufzusteigen. Aber Lisann wollte sich noch nicht geschlagen geben. »Warte noch einen Moment. Hier muss einfach ein Hinweis sein.«

Sie verengte die Augen und ließ den Blick schweifen. Einzig Vogelgezwitscher und das Klirren der Pferdegeschirre war zu hören, da fiel ein Sonnenstrahl durch die Äste und ließ etwas an der Tür des Verschlags aufleuchten.

»Hier, halt mal.« Lisann übergab Mira Monsoons Zügel und lief los.

»Was ist mit dir?«, rief Elias ihr verwundert nach.

Sie hatte die Hütte schon fast erreicht, da erkannte sie, was da im Sonnenlicht glänzte. »Ein Zahlenschloss«, rief Lisi über ihre Schulter.

»Was? Warum sollte bitte jemand diese Bruchbude abschließen?«, fragte Mira.

Elias drückte Mira jetzt ebenso die Zügel seines Pferdes in die Hand und folgte Lisann.

»Was habt ihr vor?«, fragte Mira verwirrt.

Ohne ihr eine Antwort zu geben, murmelte Lisann vor sich hin. »Vier, zwei, fünf, zwei.«

Elias sog hörbar den Atem ein. »Die Zahlen auf dem Foto! Meinst du echt, es könnte der passende Code für das Schloss sein?«

»Wir werden es gleich erfahren.« Die Rädchen am Zahlenschloss klickten, als sie sie drehte. Dann schnappte der Bügel auf. »Ha! Seht euch das an.«

»Irre, du hattest recht!« Elias schaltete die Taschenlampen-App auf seinem Handy an und schob die Tür auf.

Ein übler Gestank war das Erste, was Lisi wahrnahm. »Ihh, was ist das?« Sie hielt sich die Nase zu.

Der Lichtkegel fiel ins Innere. »Schimmliges Stroh. Und alte Futterreste. Hier hat es überall reingeregnet«, stellte Elias fest.

Mira rief neugierig von draußen: »Was noch? Sagt mir alles, was ihr seht.«

»Bis jetzt hast du nichts verpasst«, rief Lisi näselnd nach draußen. Als sich ihre Augen an die Dunkelheit gewöhnt hatten, erkannte sie langsam mehr. »Nur ein rostiges Fahrrad und ein Futtersack, an dem schon Tiere genagt haben.« An Elias gewandt, fragte sie: »Meinst du, der Kram gehört dem Händler?«

»Kann schon sein.« Elias ging zu einer Kiste und kickte den Deckel zur Seite, der bloß halb auflag. Er griff hinein und zog mit zwei Fingern ein durchnässtes Heft heraus. Wasser floss in einem Rinnsal zu Boden.

Elias las die wenigen noch einigermaßen deutlichen Worte vor. »*Horse … Brand number … Identification* … Alles auf Englisch. Aber es ist fast nichts mehr zu erkennen.«

»Seltsam. Was kann das sein?«, fragte Lisann.

»Tja, irgendwas für Pferde – so viel steht fest. Aber nichts, was uns weiterbringt.« Er warf das Heftchen zurück in die Kiste, wo es ein platschendes Geräusch machte.

»Ich glaube, wir sind hier fertig. Lass uns gehen.« Lisi wedelte mit der Hand vor ihrem Gesicht herum. Der Gestank bereitete ihr Übelkeit.

Miras Stimme drang in die Hütte. »He … Ich platze hier vor Neugier!«

»Hier ist nix«, rief Lisi ihr zu. »Wir kommen raus.«

Elias und Lisann wandten sich um Richtung Tür, die hinter ihnen ein Stück zugefallen war. Beide blieben gleichzeitig stehen, als ihr Blick auf die Rückseite fiel.

»Was ist das denn?«, stieß Lisi erstaunt aus und zeigte auf eine Kreidezeichnung, die die ganze Tür einnahm.

»Sieht aus wie …« Elias studierte das Bild. Dabei legte er seinen Kopf schief und zog die Brauen zusammen. Dann hellte sich sein Gesicht auf. Er griff in seine Jackentasche, wo er die Karte verwahrte. Er faltete sie auseinander und hielt sie neben die Tür. »Es ist eine Karte von der Umgebung, Lisann. Sieh doch, die Wege sind identisch.« Er tippte mit dem Zeigefinger zuerst auf das Holz und dann auf die Tür.

»Und dieses Kreuz? Wo ist das?«, fragte Lisi.

Elias verglich die Karten. »Das muss das Geisterloch sein. Das war ich schon ewig nicht mehr.«

»Was ist das Geisterloch?«, wollte Lisann wissen. »Klingt schaurig.«

Elias winkte ab. »Ach, das ist nur eine Höhle, oder besser gesagt, eine halbe. Tiefer als fünf Schritte kann man nicht reingehen. Trotzdem gibt es tausend Geschichten darüber. Manche sagen, dass es dort spukt – deshalb der Name.«

»Vielleicht hat der Händler dort auch eine Pferdeweide«, vermutete Lisi und zuckte die Schultern.

»Gut möglich. Das würde auch erklären, warum er diese Weide hier nicht mehr benutzt. Wir haben also noch eine Chance, ihn zu finden.«

Mira rief erneut: »Dafür, dass es da nix Spannendes zu sehen gibt, seid ihr aber schon ganz schön lang da drin. Kommt endlich raus.«

Durch Lisi ging ein Ruck. Sie hatte Mira tatsächlich vergessen. »Sorry!«, rief sie, als sie aus der Hütte trat. »Unsere Suche geht tatsächlich weiter. Wir haben einen neuen Hinweis gefunden. Morgen jagen wir den Kerl erneut.«

Sie waren kaum zurück auf dem Falbenhof, da trafen die drei Freunde auf Miras und Lisis Eltern.

»Hey, ihr Rumtreiber. Wir werden heute im Haupthaus zu Abend essen«, verkündete Alice fröhlich. »Herr Brandt hat uns spontan eingeladen.«

»Oh, super, ich sterbe vor Hunger!«, sagte Mira und hielt sich den Bauch.

»Dann bringt schnell die Pferde in den Stall und kommt nach, Kinder«, rief Bernd, der eine Weinflasche in der Hand hielt.

Es dauerte nicht lang, da waren sie alle im Haupthaus versammelt. Ein heiteres Geplauder drang durch die gemütliche Bauernküche. Sie saßen um einen großen Holztisch, auf dem schon Käse, Schinken und Tee bereitstanden.

»Bitte, greift alle zu«, lud eine Dame ein, die gerade einen duftenden Laib Brot und ein Messer zum Tisch brachte.

Herr Brandt legte ihr die Hand auf die Schulter. »Darf ich vorstellen? Das ist Meta, unsere neue Haushälterin und die gute Seele des Falbenhofs. Keiner backt besseres Brot.«

»Davon werden wir uns gerne persönlich überzeugen«, kündigte Lenny an und griff zum Messer, als plötzlich jemand laut rufend durchs Haus lief.

»Chef, Chef!«, hallte es aus dem Flur.

Alle sahen zur Tür. Der Stallbursche kam hereingestürmt. Als er die Küche betrat, blieb er wie angewurzelt stehen. »Oh, es tut mir leid, dass ich hier so reinplatze.«

Herr Brandt stand auf. »Was ist denn nur los, Alexej? Du bist ja ganz außer Atem.«

»Auf der Weide vom Hof Caspari ist heute Morgen ein Zaun gerissen. Die Pferde laufen schon den ganzen Tag lang wild auf den Straßen herum. Ich habe es gerade erfahren.«

»Das ist ja furchtbar. Ist jemand verletzt?«

»Nein, zum Glück nicht. Aber der Hof ist in großem Aufruhr. Baron, der Wallach der Stallbesitzerin, fehlt noch immer.«

»Herrje ...!« Herr Brandt rieb sich nachdenklich das Kinn und sah dann seine Gäste an. »Es tut mir leid, ich muss die Runde vorzeitig verlassen. Frau Caspari ist eine gute Bekannte von mir. Ich sollte rüber zum Hof fahren und sehen, wie ich helfen kann.«

»Natürlich«, sagte Anja verständnisvoll.

»Wenn wir irgendwas tun können, sagen Sie nur Bescheid«, setzte Lenny nach.

»Nein. Bitte essen Sie doch ganz in Ruhe auf. Es wäre schade um die vielen Köstlichkeiten.« Dann sah er zu seinem

Sohn. »Elias, ich nehme Alexej mit. Kümmere dich bitte um alles hier auf dem Hof.«

Der Stallbursche gab ihm letzte Anweisungen. »Von den Privatpferden stehen noch einige auf der Weide. Die müssten noch in die Boxen. Und Cadeau braucht noch sein Teufelskralle-Pulver.«

»Geht klar.« Elias warf einen letzten wehmütigen Blick auf den reichhaltig gedeckten Tisch. Seufzend stand er auf, schnitt sich ein großes Stück Salami ab und verließ die Küche.

Kapitel fünf

Es war mitten in der Nacht, als ein Schrei durch das Ferienhaus gellte.

»Wach auf, du träumst«, rief Mira und rüttelte verzweifelt am Arm ihrer Freundin.

Lisann schreckte hoch und merkte dabei, dass sie es selber gewesen war, die geschrien hatte. Jetzt ging ihr Atem schnell und keuchend. Ihr Körper war ganz nass geschwitzt. »O Gott, das war mit Abstand der schlimmste Albtraum meines Lebens.«

»Hab ich gehört. Alles wieder okay mit dir?«

»Ja«, hauchte Lisann.

Im nächsten Augenblick ertönten schnelle Schritte auf der Treppe.

»O nein, unsere Eltern«, stieß Lisi aus. »Sie haben mich gehört. Was nun?«

»Rutsch ein Stück. Schnell«, verlangte Mira und sprang in Lisis Bett, wo sie sich gemeinsam die Decke bin zum Kinn zogen.

Die Tür sprang auf. »Was ist los? Ist was passiert?«, fragte Bernd. Seine Haare standen in alle Richtungen.

Mira schrie so laut los, dass es Lisi in den Ohren klingelte. »Eine Spinneeeeeee! In meinem Bett!«

»Herrgott, Mira. Ist das dein Ernst? Ich habe vor Schreck fast einen Herzinfarkt bekommen«, stöhnte Anja und fasste sich ans Herz.

Bernd ging kopfschüttelnd zu dem freien Bett und begann, die vermeintliche Spinne zu suchen.

Natürlich fanden weder Miras noch Lisis Eltern das Krabbeltier. Kurze Zeit später lagen alle wieder in ihren eigenen Betten.

»Puh, das war knapp.« Lisann drehte sich auf die Seite und sah Mira an, deren Gesicht vom Mondlicht hell angeleuchtet wurde. »Danke, dass du mich davor bewahrt hast, meinen Eltern die Wahrheit sagen zu müssen.«

»Ist doch selbstverständlich.«

Lisi lächelte. »Ich kann nicht fassen, wie schnell du diese Lüge parat hattest.«

»Ich habe mal gelesen, dass das ein Zeichen von Intelligenz ist.«

»Soso, du Einstein. Dann sag mir bitte, wann diese verdammten Albträume endlich aufhören.«

»Na, morgen!«, stieß Mira überzeugt aus. »Morgen werden wir zu dem Ort reiten, der auf der Kreidekarte markiert war, den Händler finden, ihn ausfragen, und zack, alles ist wieder gut.«

»Hoffentlich hast du recht. Wir haben unseren *Privatlehrer* schließlich nur noch zwei Tage.«

Mira rollte sich auf den Rücken, die Hände verschränkte sie dabei hinter dem Kopf. »Hach, ja. Unser Privatlehrer.«

Es klang schwärmerisch. »Lisi, weißt du was?«
»Hmm?«
»Elias ist echt der tollste Junge, den ich kenne. Ich glaube, er ist sogar seit den letzten Ferien noch toller geworden.«
»Also ich kann keinen Unterschied feststellen«, gab Lisi belustigt zurück.
»Ich schon. Mich hat es richtig erwischt.« Mira klang ernst dabei.
Lisann richtete sich auf und stützte sich auf den Ellenbogen. »Wie jetzt? Du bist echt verknallt?«
»Glaub schon. Was heißt es denn sonst, wenn mein ganzer Körper in seiner Nähe kribbelt? Oder dass ich immer an ihn denke. Oder dass mir manchmal die Worte fehlen, wenn er mit mir spricht?«
»Jap. Klingt eindeutig verknallt, würde ich sagen.«
Mira lächelte und starrte dabei an die Decke.
»Und nun?«
»Nun werde ich einschlafen und von Elias träumen.«

♥

Lisi musste über das Hufgetrappel von drei trabenden Pferden hinweg rufen, um von Elias gehört zu werden, der neben ihr auf dem Feldweg ritt. Sein Oberkörper federte im Leichttrab auf und ab. »Was hat dein Vater gestern noch erzählt, als er vom Reitstall Caspari zurückkam?«
»Dass Hannah Caspari richtig fertig war mit den Nerven«, rief er zu ihr rüber. »Aber ihr Pferd Baron ist mittlerweile wieder da.«

»Wirklich? Gott sei Dank!«, sagte Mira, die auf der anderen Seite von ihm ritt.

»Ja, weil es nicht der erste Fall in der Gegend war, wo ein Pferd vermisst wurde, hat die Polizei mit zig Leuten die ganze Umgebung abgesucht. Am Schluss hat Alexej Baron friedlich fressend bei den gestapelten Rundballen entdeckt. Dem Pferd ging es gut. Den Rundballen nicht so.«

Mira grinste bei seinen letzten Worten.

»Puh, dann scheint ja noch mal alles gut gegangen zu sein«, sagte Lisi erleichtert.

»Nicht ganz. Der Zaun war nämlich gar nicht gerissen, wie erst angenommen. Er wurde eindeutig zerschnitten.« Elias zügelte Gismo, bis er im Schritt lief.

»Was sagst du da?«, stieß Mira aus und zog Frostis Zügel ebenfalls stramm. »Das heißt, jemand hat das extra ge macht?«

»Sieht leider so aus. Die Polizei hat Frau Caspari wohl viele Fragen gestellt. Mein Dad meinte, alle haben sehr geheimnisvoll getan und mehrmals sei der Begriff laufende Ermittlungen gefallen.«

»Was bedeutet das?«, fragte Lisi.

»Das sagt man so, wenn die Polizei in einem Fall ermittelt und deshalb nix darüber erzählen darf. Mein Dad meinte, dass es bestimmt Jugendliche waren, die solche Streiche besonders witzig finden.«

»Zäune zerschneiden …«, spie Lisi verächtlich aus. »Was ist daran lustig?« Sie strich Monsoon liebevoll über den Mähnenkamm. »Es muss ein totaler Horror sein, wenn das eigene Pferd weg ist. Allein bei dem Gedanken wird mir ganz schlecht. Hoffentlich fassen sie die Blödmänner schnell.«

Elias führte sie jetzt einen abschüssigen Weg entlang. Rechts von ihnen grasten schwarz-weiße Kühe, links erschien der dunkle Wald. »Es ist nicht mehr weit«, kündigte er an. »In fünf Minuten sind wir beim Geisterloch.«

Lisann trieb Monsoon mutig zwischen mächtigen Buchen in den Schatten hinein. Die Luft war hier merklich kühler und Lisi spürte, dass die Schritte ihres Wallachs kürzer und sein Blick aufmerksamer wurde. Bald ging es eine steile Böschung hinunter. Dann konnten sie den Felsvorsprung sehen, der eine Art Dach formte. Das Geisterloch sah wirklich zum Fürchten aus, fand Lisann. Oben auf dem Felsen wuchsen Bäume, deren knorrige Wurzeln rechts und links der Höhle herabhingen. Das Innere war dunkel.

»Ein bisschen gruselig ist es hier aber schon«, raunte Mira Lisann zu, während sie abstiegen.

Elias sprang mit einem Satz von Gismo. »Ja, zugegeben. Mein Lieblingsplatz ist es auch nicht.«

Lisann saß ab und band Monsoon an einen Baum. Entschlossen lief sie dann auf die Höhle zu und machte gleich die erste Entdeckung. »Kommt mal schnell her«, rief sie aufgeregt. »Das müsst ihr sehen.«

Sie hob den Litzendraht eines Stromzauns auf, der an einem Ring im Gestein befestigt war. »Was sucht das hier?«

Mira sah sich in der Höhle um. »Da steht ein voller Eimer mit Wasser«, sagte sie erstaunt.

»Und hier liegt Heu.« Elias nahm eine Handvoll und zog es mit den Fingern auseinander. »Es riecht ganz frisch.«

Dann kniete er sich hin und berührte die Ränder der Fußspuren und Hufabdrücke im Boden. »Keine Frage: Hier war vor Kurzem ein Pferd.« Er sah auf und erklärte: »Pfadfinder-Camp – jede Sommerferien von der ersten bis zur vierten Klasse.«

Mira stemmte die Hände in die Seiten. »Schön und gut, hier hat also jemand ein Pferd untergestellt. Aber wer? Und wo ist er hin?«

Lisann lachte auf. »Vielleicht weiß der Schlafende Riese ja mehr!«

Sie zeigte mit dem ausgestreckten Finger auf die Felswand. Groß und deutlich stand dort: Schlafender Riese.

»Hä? Was soll der Quatsch denn?«, fragte Mira.

Elias aber stand langsam auf. »Moment mal. Das ist eine Stelle im Wald. Ein Findling, der so groß ist wie ein Auto. Man nennt ihn Schlafender Riese.«

»Echt?«, fragte Lisann. »Diese Sache wird immer verrückter.«

Elias nickte. »Jetzt habe ich umso mehr Fragen an den Kerl. Wir scheinen ihm dicht auf den Fersen zu sein. Morgen reiten wir zu dem Stein, und dann finden wir bestimmt mehr heraus.«

»Das will ich hoffen«, sagte Lisi nachdrücklich.

Sie bestiegen ihre Pferde und ritten über die sanften Hügel zurück Richtung Falbenhof. Vor einem weiten Stoppelfeld blieb Elias plötzlich stehen. Er grinste. »Sag mal, Mira, traust du dir einen Galopp zu?«

»Auf Frosti schon«, antwortete sie überzeugt.

Kaum hatte sie das gesagt, nahm er Gismos Zügel kürzer. »Alles klar. Ich bin dann mal weg, Mädels. Wir sehen uns am anderen Ende.« Er trieb seinen Rappen an und rief über seine Schulter hinweg: »Los, ihr lahmen Schnecken. Wollen wir doch mal sehen, ob ihr gegen mich und Gismos lange Beine überhaupt eine Chance habt.«

»Hast du das gehört, Monsoon? Das können wir unmöglich auf uns sitzen lassen.« Lisann gab ihm die Zügel vor, schnalzte und presste die Waden an seinen Bauch. Der Wallach verstand sofort, stieß sich vom Boden ab und jagte hinter Gismo her. Lisi ließ ihn einfach laufen. Monsoon wurde mit jedem Galoppsprung schneller und der Abstand zu Gismo und Elias kleiner. Trotz der Geschwindigkeit fühlte Lisann keine Angst. Sie und Monsoon verschmolzen wieder auf diese magische Art und Weise, die ihren Bauch so heftig kribbeln ließ. Laut lachend holte sie Elias ein. »Das hast du nun davon, du Angeber.«

Elias' Gesicht hätte nicht erstaunter sein können – jedenfalls für einen Moment. »Na warte …« Sein leichter Sitz wurde noch flacher und er streckte seine Arme weiter zum Pferdemaul, um Gismo mehr Zügel zu geben. »Lauf, mein Junge. Gib alles!«

Bis das Ende des langen Feldes schon zu sehen war, überholten Lisann und Elias sich gegenseitig wieder und wieder, was den Ehrgeiz der Pferde jedes Mal erneut anstachelte.

Lisi wusste, sie würden einen langen Bremsweg brauchen. Fröhlich, aber völlig außer Atem rief sie deshalb: »Stopp, Elias. Lass uns anhalten.«

»Gibst du etwa auf?«

»Monsoon nicht. Ich schon.«

»Damit gebe ich mich zufrieden«, sagte er und setzte sich aufrecht hin, um Gismo zu zügeln.

Nachdem sie die Pferde endlich zum Schrittreiten überredet hatten, blickten sie zurück.

Mira winkte von weit hinten. Ihr fröhliches Lachen war selbst von hier zu erkennen. Frosti galoppierte zu Lisis Überraschung immer noch – aber so langsam, dass es fast wie Zeitlupe aussah.

»Wow«, sagte Elias.

Lisi sah ihn von der Seite an und meinte, ein Schwärmen in seinem Blick zu erkennen. Seine nächsten Worte bestätigten ihre Gedanken.

»Wie gut sie aussieht.«

»Ach ja?«, fragte sie belustigt.

»Also … auf Frosti, meine ich«, berichtigte er schnell. »Wie gut sie auf Frosti aussieht.«

Lisi lächelte.

»Also … sie reitet schon so gut«, stotterte er weiter.

»Schon klar, Elias.« Grinsend trieb sie Monsoon an.

Elias trabte ihr nach. »Nein, echt jetzt. Du hast mich falsch verstanden …«

»Lass gut sein.« Sie lachte los.

♥

Zurück auf dem Falbenhof, ging Elias mit Gismo zum Privatpferdestall.

Mira und Lisann führten Frosti und Monsoon zum Sattelplatz, wo sie den Pferden noch die Beine abspritzen wollten.

»Monsoon liebt das.« Lisann zog den Schlauch über den gepflasterten Platz und hielt den kühlenden Wasserstrahl an seine Vorderbeine. Im Spritzwasser entstand ein Regenbogen, dessen Farben sie an die bunten Blätter im Wald erinnerte.

»Sag mal, worüber hast du mit Elias nach unserem Galopp so gelacht?«, fragte Mira, während sie Frosti absattelte.

»Kann ich dir sagen.« Lisann sah sich zu allen Seiten um. Flüsternd berichtet sie Mira von Elias' Worten und endete mit: »Ich sage dir, er steht auch auf dich.«

Mira presste die Lippen zusammen und riss die Augen auf. Aus ihr kam ein hohes Fiepen. Sie sah aus, als wollte sie vor Freude platzen. Stattdessen aber begann sie zu klatschen.

Lisann setzte mit ein. »Sealclap«, hallte es fröhlich durch die Luft.

»Seid ihr etwa immer noch nicht fertig?«, erklang es hinter ihnen. Elias kam um die Ecke.

Lisann erklärte fix: »Ach, Monsoon genießt das immer so sehr.«

»Sieht man«, sagte Elias und zeigte auf die geschlossenen Augen und den eingeknickten Hinterhuf des Wallachs. Dann ging er zu ihm. Seine Hand strich jetzt über den Westernsattel. »Mann, ich wünschte, ich könnte auch endlich mal auf so einem Sattel sitzen.«

Lisann gab den Schlauch weiter an Mira, die nun Frostis Beine zu kühlen begann. »Dann tu es doch einfach.«

Er sah sie an. »Du meinst auf Monsoon?«

»Klar.«

»Ob er das zulässt? Das letzte Mal, als ich auf ihm saß, war ich nicht gerade nett zu ihm.«

»Ich glaube, er ist nicht nachtragend«, scherzte Lisi. »Und ich bin ja dabei. Was soll schon passieren? Der Außenreitplatz ist gerade leer. Los!«

Elias' Gesicht begann zu strahlen. In der Mitte des Dressurvierecks umfasste seine linke Hand den Knauf, seine rechte Hand den Cantle. Geübt stieg er in den Sattel.

Lisann stand bei Monsoons Kopf. Er schnaufte nur kurz, als Elias sich setzte. Ansonsten schien es ihm nichts auszumachen. Dennoch entschied sie, besser an seiner Seite zu bleiben.

»Und? Wie ist es?«

»Anders, als ich gedacht habe. Es ist so viel Leder um mich rum. Die Beine sind viel unbeweglicher als bei einem englischen Sattel.« Er sah zu allen Seiten an sich runter. Dann nahm er die Zügel auf. »Wie hält man sie noch gleich?«

Lisann legte ihm die Split Reins richtig zwischen die Finger. »So, und nicht zu kurz. Die Zügel müssen etwas durchhängen.«

»Das ist so ungewohnt. Beim Englischreiten hat man immer Kontakt zum Maul.«

»Es geht auch ohne. Wirst schon sehen …« Lisi lief los und Monsoon folgte ihr, wohin sie auch ging. Nach ein paar Schlangenlinien durch die Bahn sah sie zu Elias hoch.

»Der Wahnsinn«, sagte er lächelnd. »Monsoon verhält sich ganz anders als in meiner Erinnerung.«

Das laute Hufgeklapper mehrerer Pferde drang zu ihnen rüber. Herr Brandt und seine Reitschüler waren offensichtlich von ihrem Ausritt zurück.

»Vergesst nicht das gründliche Auskratzen der Hufe und …« Herr Brandt blieb abrupt stehen, als er Elias auf Monsoon reiten sah. Sein Gesichtsausdruck wurde finster. Nachlässig zog er seinem Pferd ein Halfter über die Trense und stampfte dann zum Dressurviereck. »Was ist das denn, bitte schön?«

»Mach jetzt bitte keine Szene, Dad!«

»War ich nicht deutlich genug, was das Westernreiten angeht? Bis zum Ende deiner Lehre will ich nichts davon hören und sehen.«

»Als würde ich dich ständig damit vollquatschen«, gab Elias wütend zurück.

»Spar dir deine frechen Antworten, Junge.« Er wies auf Mira und Lisann. »Ich dachte, du gibst den beiden Mädchen Privatunterricht und nicht andersherum.«

»Wir sind gerade fertig mit Reiten.«

»Dann warten ja wohl noch andere wichtige Dinge auf dich, wenn ich mich nicht irre. Oder besteht deine Lehre neuerdings nur noch aus deinen Lieblingsaufgaben?«

»Wer sagt denn, dass ich die nicht noch gemacht hätte? Der Tag ist noch lang. Du drehst nur durch, weil du einen Westernsattel siehst – wie immer.«

»Ich habe meine Gründe, Elias. Die kennst du genau. Und jetzt steig ab und mach dich nützlich. Ansonsten war es das mit dem Privatunterricht.«

Elias sah furchtbar wütend aus, aber er sagte nichts mehr und stieg ab. Als sein Vater außer Hörweite war, spie er aus: »Boah, fiel mir echt schwer, nicht weiter mit meinem Vater zu diskutieren. Aber ich wollte nicht riskieren, dass er uns noch einen Strich durch die Rechnung macht. Wir müssen doch unbedingt zum Schlafenden Riesen reiten!«

»Danke, Elias«, sagte Lisann.

»Klar doch. Ich habe versprochen, dir zu helfen. Und ich halte mein Wort.«

Kapitel sechs

Am nächsten Morgen ritten die Freunde schon früh durch die Eichenallee. Die Luft war noch kalt. Dünne Wölkchen stiegen aus den Pferdenüstern in den glasklaren blauen Himmel. Das bunte Laub raschelte leise unter den Hufen.

Mira und Elias ritten vorneweg. Sie waren bald in ein Gespräch über eine Reiterin bei Instagram vertieft, der sie zufälligerweise beide folgten. Zwischendurch drang Miras Kichern durch die Luft.

Schon nach einer halben Stunde querfeldein gewann die Sonne merklich an Kraft. Lisi zog den Reißverschluss ihrer Jacke auf. Die Bedingungen für den heutigen Ritt hätten kaum besser sein können. Trotzdem gingen ihr düstere Gedanken durch den Kopf.

Was, wenn sie auch an diesem Tag keinen Erfolg haben würden? Sie hatte nur die halbe Nacht geschlafen und konnte die Augen kaum offen halten. Es überkam sie mal wieder der Drang, heftig zu gähnen. Monsoon schien ihre Stimmung zu spüren. Er war zappelig und blieb immer wieder stehen. Mal um sich die Nase am Bein zu schubbern.

Mal um sich zu schütteln, obwohl gar keine Fliegen ihn ärgerten.

»Monsoon, jetzt lauf schon weiter«, sagte Lisi und schnalzte. Doch es wurde nicht besser, eher schlimmer.

Als sie endlich in den Wald hineinritten, verkündete Elias: »So, das Ziel ist nicht mehr weit. Gleich werden wir wissen, ob wir den Händler dort endlich finden.«

»Ich hab's im Blut«, prophezeite Mira. »Heute spüren wir den Kerl auf.« Danach gesellte sie sich mit Frosti zu ihrer Freundin.

Monsoon tänzelte noch immer herum und kaute dabei nervös auf seinem Snaffle Bit.

»Was ist denn los mit ihm?«, wunderte sich Mira.

»Ich habe keine Ahnung. Er ist irgendwie nervös«, antwortete Lisi.

Elias fragte nach hinten: »Vielleicht sollten wir eine Pause machen, damit du Monsoon mit Bremsenspray einsprüh…« Er stockte mitten im Wort, um plötzlich zu fluchen. »Was zum Teufel ist denn hier mit dem Wald passiert?«

Lisann und Mira holten auf und sahen, was er meinte. Rechts und links zeigte sich ein großflächiger Kahlschlag. Unzählige helle Schnittstellen von abgesägten Bäumen ragten nach oben. Der eben noch schmale Pfad unter ihnen war schlagartig einem breit ausgefahrenen Weg mit tiefen Radspuren gewichen. Hohe Hügel aus hellem Sand lagen in kurzen Abständen am Wegesrand daneben.

Verwundert ritten die Freunde daran vorbei.

Mira mutmaßte: »Sieht irgendwie danach aus, als ob hier jemand breite Reitwege anlegen will.«

»Niemand hat sich hier je um die Wege gekümmert«, sagte Elias. »Diese Gegend ist eigentlich eher verlassen.«

Lisi hatte keine Augen für die Umgebung. Sie spürte bereits eine schmerzende Stelle, da, wo ihre Zügel zwischen den Fingern durchflossen, und ärgerte sich, dass sie keine Reithandschuhe mitgenommen hatte. Immer wieder riss Monsoon seinen Kopf zur Seite. »Ist unser Ziel noch weit, Elias?«

»Nein, nur noch wenige Meter geradeaus, wenn ich mich nicht irre. Nach der nächsten Kurve müssten wir den Schlafenden Riesen sehen.«

Lisann war erleichtert, das zu hören, denn Monsoon verhielt sich immer merkwürdiger. Nur noch widerwillig reagierte er auf ihre Hilfen, sodass ihr nichts anderes übrig blieb, als die Zügel fester anzuziehen. »Was ist denn nur los mit dir? So kenne ich dich ja gar nicht.«

Mira schüttelte den Kopf. »Komisch, wie er sich benimmt.«

Dann sahen sie endlich den großen Stein. Er war wirklich gigantisch und mit etwas Fantasie konnte man wohl einen schlafenden Riesen in ihm sehen. Trotzdem galt ihre Aufmerksamkeit etwas anderem. Der Findling lag direkt neben einer weiß eingezäunten Weide. Pferde in allen Farben hatten dort ihre Köpfe zum Grasen gesenkt. Hinter ihnen erhoben sich ein Stallgebäude, ein überdachter Longierzirkel, ein paar halb fertige Nebengebäude und ein Wohnhaus. Alles war aus ganzen Baumstämmen gefertigt.

»Ist das ein Reitstall?«, fragte Lisi und versuchte, Monsoon abermals zum Stillstehen zu bringen.

Elias war vor Überraschung der Mund aufgeklappt. Sein Blick fiel auf das halbrunde Namenschild über dem Eingangstor. »Buckskin Ranch«, las er tonlos vor. »Diesen Hof habe ich noch nie gesehen. Er muss nagelneu sein.«

»Wenn ihr mich fragt, sieht das nach einem Westernstall aus«, vermutete Mira.

Monsoon war jetzt kaum mehr zu bändigen. Er lief rückwärts und seitwärts. Lisann hielt abwechselnd mit den Schenkeln gegen oder gab ihm die Zügel vor. »Ho, ruhig, Monsoon. Was ist denn nur los mit dir?«

Geradezu wütend schüttelte der Wallach den Kopf und trat nach hinten aus. Lisann bekam langsam Angst. »Bitte hör auf damit!«

Elias reagierte schnell. Er sprang von Gismo und griff nach Monsoons Zügeln, bevor dieser durchgehen konnte. »Brr, Brauner … Was macht dich denn so unruhig?«

Eine Mädchenstimme erklang plötzlich hinter ihnen. »Hi, kann ich euch helfen?«, fragte sie mit amerikanischem Akzent.

Alle drei drehten sich gleichzeitig um und erblickten eine blonde Reiterin, die auf einem Apfelschimmel saß. »Ich bin Sofia Bigsby und …«

Das Mädchen erstarrte plötzlich, als wäre es aus Eis. Wortlos sah sie zu Lisann. Langsam glitt ihr Blick hinab.

In diesem Augenblick wieherte Monsoon so schrill, dass es Lisann in den Ohren wehtat.

Die Fremde schrie: »Montano! Mein Montano!«

»Was?«, stieß Lisann zu Tode erschrocken aus, während Monsoon so stark an Elias' Griff zerrte, dass dieser fast fiel.

»Das ist mein Pferd. Steig sofort ab«, fauchte das blonde Mädchen und sprang schon aus dem Sattel ihres Apfelschimmels. »Montano … komm zu mir. Alles wird gut!«

Monsoon befreite sich mit einer Bewegung und stieg. Lisann konnte gerade noch den Knauf greifen, um nicht von seinem Rücken zu fallen. Das alles war zu viel für sie. So grob, wie sie noch nie zu Monsoon gewesen war, riss sie seinen Kopf mit einer Hand herum. Ihre Linke griff nach den offenen Riemen ihrer Split Reins. Zweimal knallte sie die Zügelenden auf seinen Hintern und galoppierte davon.

♥

Lisanns Gedanken rasten mindestens so schnell wie Monsoon. Das konnte einfach nicht wahr sein. Von allen Albträumen, die sie in den letzten Wochen gequält hatten, war dies mit Abstand der allerschlimmste. Warum nur wachte sie nicht endlich auf? Was hatte das alles zu bedeuten?

Der Waldweg endete irgendwann und Lisann fand sich an einer Straße wieder. Es war die, auf der sie und ihre Eltern vor vier Tagen zum Falbenhof gekommen waren – somit kannte sie den Weg zurück. Unerbittlich trieb sie Monsoon weiter an. Sein braunes Fell war schon schweißnass, als Lisann den ersten klaren Gedanken fassen konnte.

Sofia! Der Name brannte sich in ihren Kopf. Lisann sah das Gesicht des Mädchens vor sich, und sie hörte ihre Stimme. *Das ist mein Pferd*, hatte sie gesagt. Das konnte doch alles nicht wahr sein! *Montano* hatte sie ihn genannt! Aber er hieß doch Monsoon!

Mit letzter Kraft erreichte sie den Falbenhof. Monsoon trabte schnaufend über den Kies der Auffahrt. Lisanns Beine zitterten, als sie von seinem Rücken sprang und ihn vor dem Ferienhaus anband.

Noch während sie hineinstürmte, rief sie: »Mama! Papa! Wo seid ihr?«

»Lisann?«, kam es verwundert aus dem Wohnzimmer.

Es war Alice. Sie hielt ein Tablett in der Hand. »Was ist passiert? Wo sind Elias und Mira?«

»Mit denen ist alles okay. Wo sind meine Eltern?«

»Draußen …«

Lisann fand sie vor dampfenden Teetassen auf der Terrasse. Sie waren offensichtlich in ein Gespräch vertieft, als Lisann sie unterbrach.

»Mama, Papa. Wir müssen abreisen! Jetzt sofort.«

Ihre Mutter sah auf die dreckigen Stiefel ihrer Tochter, die allerlei Sand und Blätter ins Haus getragen hatten.

»Lisann, der Boden …«

»Der ist mir gerade scheißegal, Mama!«, rief sie schrill. »Wir müssen nach Hause fahren. Sofort!«

Erst nach diesen scharfen Worten sah Anja ihr ins Gesicht. »Lisi … um Himmels willen. Was ist denn los?« Fahrig stellte sie ihre Teetasse weg.

»Das kann ich später erklären. Wir müssen … wir müssen hier weg.« Ihr versagte die Stimme, und obwohl sie das gar nicht wollte, fing sie an zu schluchzen.

Ihr Vater stand auf und schloss sie in die Arme. »Schatz, ist dir was passiert? Du kannst uns alles erzählen. Wir können jedes Problem lösen.«

»Dieses bestimmt nicht!« Erst jetzt kamen ihre Tränen. Lisann schlang die Arme um ihn. Und nun fühlte sie auch die warme Hand ihrer Mutter, die ihr über den Rücken strich. Es war ein unendlich gutes Gefühl, bei ihnen zu sein. Am liebsten hätte sie die Zeit angehalten, aber sie mussten sich beeilen. Lisann stotterte: »Bitte … ihr müsst … macht den Pferdeanhänger an den Wagen …«

»Moment, jetzt mal ganz langsam«, sagte Anja zu ihrer Tochter und zwang sie sanft auf einen der Gartenstühle. »Ich verstehe noch immer kein Wort. Warum willst du so plötzlich fahren?«

Lisann wusste, es blieb ihr keine Wahl. Ihre besorgten Eltern würden keinen Finger rühren, bevor sie ihren Zustand nicht erklärte. So begann sie, von ihrem Ausritt zu erzählen, dann von Monsoons Verhalten und schließlich von Sofia. Sie hatte gerade geendet, da vernahm Lisann das Geräusch mehrerer Autos, die über die holprige Zufahrt vorfuhren.

Alle sahen zur Straße. Ein Polizeiwagen kam zum Falbenhof gerast, gefolgt von einem großen Pick-up.

Anja schlug die Hand vor den Mund. »Du lieber Himmel.«

Lisann wusste, es war zu spät. Mit dem Handrücken wischte sie sich die Tränen von den Wangen. Wenig später klopfte es an der Tür. Zwei Polizeibeamte nickten ihren Eltern zu. Die Frau trug eine abgegriffene Mappe bei sich.

»Guten Tag. Entschuldigen Sie bitte die Störung. Sind Sie die Eltern von Lisann Maiwald?«

»Ja, warum?«, fragte Anja.

Lisann bemerkte, wie ihre Mutter sich schützend vor sie stellte. Während die Polizisten mit ihrer Mutter redeten, sah sie an ihr vorbei zum Pick-up, dessen Türen jetzt aufschwangen.

Sofia sprang heraus, zeigte auf Lisann und rief: »Mom, Dad, das ist das Mädchen.«

Gleichzeitig stiegen Elias und Mira aus dem Streifenwagen und liefen zu Lisann.

»Mensch, Lisi. Ich habe mir solche Sorgen gemacht«, rief Mira und schloss ihre beste Freundin in die Arme.

Elias sah erleichtert aus. »Zum Glück ist dir nichts passiert.«

»Und das ist mein Montano«, fügte Sofia hinzu und ging zu Monsoon. »Ich würde ihn unter Tausenden erkennen.«

Lisann hätte ihr am liebsten gesagt, sie solle die Finger von ihm nehmen. Aber plötzlich schienen alle gleichzeitig zu reden.

»Was zum Teufel ist denn hier los?« Herr Brandt kam mit großen Schritten herangestapft.

»Hallo, Christian«, sagte der Polizist, der den Reitstallbesitzer offenbar persönlich kannte. »So schnell sieht man sich wieder. Tut mir leid, dass wir dich auf deinem Hof so unschön überraschen, aber laut Familie Bigsby wurde dieses Pferd vor über drei Monaten von ihrer Weide geklaut. Wahrscheinlich waren es dieselben Täter wie auf dem Caspari-Hof.«

»Was?«, stieß Herr Brandt aus und wirkte dabei, als wäre er gegen eine Wand gelaufen.

Anja und Bernd wurden blass. »Unmöglich«, riefen sie gleichzeitig.

Lisann hatte plötzlich das Gefühl, dass unter ihr der Boden schwankte. Bis jetzt hatte sie insgeheim gehofft, dieses

Mädchen würde nur rumspinnen. »Ich kann das alles nicht glauben«, flüsterte sie mehr zu sich selbst.

Mira hörte es trotzdem und versuchte, sie zu beruhigen. »Jetzt warte erst mal ab, Lisi. Vielleicht ist das nur ein Missverständnis.«

Die Polizistin tippte auf die Mappe in ihrer Hand. »Es sieht leider nicht danach aus«, antwortete sie.

Lisanns Vater trat vor und legte seine Hände auf die Schultern seiner Tochter. »Wir haben dieses Pferd auf einer Auktion gekauft. Dafür gibt es Beweise.«

Der Polizist nickte. »Das mag gut sein, aber dennoch scheint es sich um das gestohlene Pferd zu handeln. Natürlich müssen wir erst einmal alles gründlich prüfen, aber wir haben gute Gründe, Familie Bigsby zu glauben. Damals erstatteten sie Anzeige gegen unbekannt und hinterlegten Fotos von genau diesem Pferd.« Er drehte sich zu Monsoon um, der noch immer schnell durch seine weit aufgeblähten Nüstern atmete. »Der Wallach ist ziemlich unverwechselbar, finde ich. Diese lange Mähne, das goldbraune Fell …« Er wies auf seine Kollegin, die jetzt etwas hervorholte.

»Bitte … sehen Sie selbst.« Die Polizistin hielt Lisann und ihren Eltern ein Foto entgegen. »Ich bin keine Pferdeexpertin, aber für mich sieht es eindeutig nach diesem Pferd aus.«

Lisann schaute nur kurz auf das Bild. Es zeigte ohne Zweifel Monsoon und diese Sofia. Barfuß saß sie auf seinem bloßen Rücken und hielt mit einer Hand ein Büschel seiner Mähne fest. Mit der anderen schwenkte sie fröhlich einen Cowboyhut. Hinter ihr ragten rote Sandberge in den Himmel, wie Lisann sie noch nie gesehen hatte. Das Bild war so eindeutig, dass sie einen Kloß im Hals bekam. Sie sah zu Monsoon, der sich von Sofia die Nüstern streicheln ließ und dabei leise schnaubte. Beide wirkten so vertraut, dass ihr schlecht wurde.

»Haben Sie Papiere für dieses Pferd?«, fragte die Polizistin jetzt.

Bernd sagte: »Wir haben nach dem Kauf einen Equidenpass anfertigen lassen. Der alte soll angeblich verloren gegangen sein – das berichtete uns Herr Brandt damals.«

»Du, Christian?«, fragte der Polizist verwundert.

»Elias hatte dieses Pferd hier angeschleppt. Ich war von Anfang an dagegen – hätte ich mal auf mein Bauchgefühl gehört. Ich kann es gern in Ruhe erklären, aber vielleicht sollten wir dafür besser reingehen und uns setzen.«

Nun trat Sofias Mutter vor. Sie ging direkt auf Lisann zu. »Wie heißt du?«, fragte sie mit amerikanischem Akzent.

»Lisann«, sagte sie heiser.

Die Frau lächelte. »Ich bin Rebecca. Das alles ist ganz schön viel für dich, oder?«

Obwohl Rebecca sie warm anlächelte, brachte Lisi keinen Ton mehr heraus.

»Es wäre sicher gut, den Schock einen Moment lang zu verdauen. Was hältst du davon, wenn du dich mit Sofia um Montano kümmerst, und wir Erwachsenen reden in Ruhe über alle Einzelheiten?«

Lisann sah skeptisch zu dem blonden Mädchen, das sie ebenso skeptisch ansah. Noch immer stand sie bei Monsoon, was Lisi unendlich wütend machte. Nicht einen Funken Lust hatte sie dazu, ausgerechnet mit ihr jetzt allein zu sein.

Zum Glück war wie immer auf Mira Verlass. Ihre Freundin strich sich entschlossen die braunen Locken zurück und trat einen Schritt vor. »Ich komme mit.«

»Und ich auch«, sagte Elias.

Lisann war in diesem Moment unendlich dankbar für ihre Freunde. Noch immer fühlte sie sich irgendwie taub, als würde dicke Watte sie umgeben. Auf dem kurzen Weg zum Stall ging ihr Blick nach links zur Allee. Vor Kurzem noch war alles so bunt und wunderschön gewesen. Jetzt kamen ihr all die Blätter und Blumen grau und trist vor.

Bis zur Stallgasse sagte keiner ein Wort. Nur das Klappern von Monsoons Hufen war zu hören, den Sofia an den Zügeln hielt. Elias zeigte auf die erste Box auf der rechten Seite. »Hier kannst du ihn anbinden. Ich nehme ihm schon mal den Sattel ab.«

Lisann beobachtete alles aus drei Schritten Entfernung. Dieses Mädchen tat so, als wäre Lisann nicht da. Immer wieder lehnte Sofia ihre Stirn gegen die von Monsoon und flüsterte ihm liebevoll etwas zu. Das war doch *ihr* Ritual! Lisann spürte die Wut in sich brodeln. Und gleichzeitig war da dieser Druck in ihrer Brust, als läge da ein dicker Stein, der ihr das Atmen schwer machte.

Plötzlich wandte Sofia sich ihr zu. Ihr Blick war eiskalt. »Sag mal, hast du vielleicht eine Abschwitzdecke für Montano? Er ist immer noch total nass.«

Dieser Name! Lisann wollte schreien, jedes Mal wenn sie das Wort »Montano« nur hörte. »Ja, *Monsoon*«, sagte sie betont langsam, »hat eine Abschwitzdecke. Sie hängt in der Sattelkammer.«

Niemand rührte sich – fast so, als wollte keine der beiden die andere mit dem Wallach allein lassen. Die Luft zwischen ihnen war zum Zerschneiden dick.

»Ich geh sie mal holen«, sagte Mira schließlich und verschwand mit einem Blick, der so viel sagte wie: Nichts wie weg hier.

Lisann funkelte Sofia weiter wütend an. Sie musste den Drang unterdrücken, sie von ihrem Traumpferd wegzuschubsen. Ihr Blick war wohl eindeutig.

»Warum guckst du mich an, als hätte ich dir was getan?«, grollte Sofia.

»Pah, das fragst du noch? Tauchst im Wald hinter uns auf und behauptest einfach, dass mein Pferd dein Pferd ist. Wie, meinst du, würde es dir damit gehen?«

»Und wie, meinst du, ging es mir, als man ihn von unserer Weide geklaut hat?«, schleuderte Sofia zurück.

»Ich habe ihn nicht von deiner Weide geklaut. Meine Eltern haben ihn gekauft.«

Sofia lachte auf. »Ja, nachdem ihn jemand geklaut hat. Das ist auch nicht besser, als ihn selbst zu stehlen.«

Mira und Elias kamen aus der Sattelkammer zurück. Ohne ein Wort legten sie Monsoon eine grüne Abschwitzdecke auf.

»Weißt du was?«, sagte Lisann wütend und verschränkte die Arme. »Was du sagst, das kann ja jeder behaupten. Ich glaube dir jedenfalls kein Wort.« Sie hörte selbst, wie lächerlich das klang. Es war die pure Verzweiflung.

»Sei doch nicht albern. Du hast doch das Foto selbst gesehen. Montano ist eindeutig mein Pferd.«

»Er heißt Monsoon!«, schnaubte Lisann.

Sofia zog die Augenbrauen hoch. »Ach ja? Das wollen wir doch mal sehen.« Mit einem Klick machte sie den Panikhaken vom Halfter los und lief rückwärts zur Mitte der Stallgasse. »Los, ruf ihn mit deinem tollen Namen.«

Lisann sah zu Mira. Diese zuckte verzweifelt die Schultern und nickte gleichzeitig, was keine Hilfe war. Grimmig verengte Lisi die Augen. Es wird schon klappen! Seit drei Monaten waren sie und ihr Traumpferd schließlich unzertrennlich. Und er kam immer, wenn sie ihn rief!

»Monsoon!«

Er guckte zu ihr. Lisann jubelte schon innerlich, da rief Sofia ebenfalls.

»Montano, *come here*!«, sagte sie und sprach die Worte dabei so seltsam weich aus, wie es sonst nur Lisis Englischlehrerin Miss Elliott tat.

Er setzte sich sofort in Bewegung und trottete einfach auf Sofia zu.

Lisann meinte, ihr Herz klirrend in zwei Teile zerbrechen zu hören. Hatte Monsoon sie etwa vergessen? Und alles, was sie miteinander durchgestanden hatten? Mit aller Kraft kämpfte sie gegen ihre Tränen an. Jetzt bloß nicht heulen vor dieser doofen Sofia.

»Siehst du, was habe ich dir gesagt?«, stieß diese triumphierend aus und klopfte ihm zur Belohnung den Hals. »Er kennt diesen Namen schon sein ganzes Leben lang. Genauso wie meine Stimme. Meine Eltern haben ihn mir zu meinem vierten Geburtstag geschenkt. Selbst beim Einreiten habe ich geholfen. Er ist das Einzige, was ich aus Wyoming mitgenommen habe. Mein Ein und Alles, verstehst du?«

Nein, dachte Lisann trotzig. Sie wollte nicht verstehen. Das alles war total unbegreiflich. Und als wäre dieser Moment nicht schon schlimm genug, folgte Monsoon Sofia jetzt auch noch zurück zur Box, ohne dass diese ihn festhalten musste.

Leise befahl Sofia ihm: »*Go inside.*« Monsoon lief hinein, ohne zu zögern, und begann sofort zu fressen. »*Good boy!*«, lobte sie und zog die quietschende Gittertür zu. Jetzt lehnte sich Sofia mit dem Rücken dagegen, als würde sie den Eingang versperren wollen. Ihr Blick war knallhart. »Montano ist mein Pferd und ich gebe ihn niemals her. Das begreifst du besser früher als spä…«

Elias unterbrach Sofia, indem er mit erhobenen Händen zwischen die beiden Mädchen trat. »Ich glaube, das reicht jetzt. Vielleicht wäre es das Beste, wir gehen zurück zum Haus. Sicher haben unsere Eltern alles besprochen.«

»Du hast recht«, sagte Sofia. »Je schneller ich mein Pferd zurückbekomme, desto besser.« Sie drehte sich auf dem Absatz um, ließ die anderen stehen und lief in Richtung Hof. Elias joggte ihr hinterher.

Lisann blieb mit Mira zurück – froh, dass die quälende Situation beendet war. Ihre Wangen glühten und sie konnte ihre Tränen nur noch mit Mühe zurückhalten.

Sachte zog Mira sie mit sich und flüsterte: »Noch hat Miss Rodeo nicht gewonnen.«

Lisann sah zu Mira, die einfach jedem Menschen einen Spitznamen verpasste. »Ich möchte dir echt glauben, aber alles spricht gegen mich und für sie.«

»Nicht aufgeben, Lisi!« Mira ergriff ihre Hand, während sie die beiden einholten.

Elias verwickelte Sofia derweil in ein Gespräch. »Du hast eben was von Wyoming erzählt. Wo liegt das?«

»In Amerika. Da komme ich her.«

»Ach, deswegen dein Akzent.«

»Ja, ich bin noch nicht lange hier. Erst seit vier Monaten.«

»Dafür ist dein Deutsch aber gut.«

»Ich hatte einige Jahre Deutschunterricht …«

»Und Mon… Montano hast du von da mitgebracht?«

Sie nickte. »Ihn und alle anderen Pferde. Ich habe sie so vermisst, als der *Stable* noch nicht fertig war«, antwortete sie.

»Stable?«, fragte Elias.

»Oh, manchmal mische ich Deutsch und Englisch. Wie heißt das, wo die Pferde drinstehen?« Sie schnipste mit den Fingern, um auf das Wort zu kommen.

»Stall.«

»Genau«, sagte sie und plauderte weiter über ihre Heimat und die roten Berge, die es dort gab.

Lisann stellte ihre Ohren auf Durchzug. Kein Wort wollte sie mehr von dieser Sofia hören!

♥

»Ah, gut, dass ihr kommt«, sagte die Polizistin zu den vieren, als sie die Tür öffnete. »Wir wollten euch gerade holen.«

Lisann ging ins Wohnzimmer, sah ihre Eltern an und erkannte bereits an deren Blick: Es gab keine guten Nachrichten für sie.

Ihr Vater nahm ein Papier von dem Polizisten entgegen. Es zeigte den Kaltbrand unter Monsoons Mähne. »Mir wurde erklärt, das BR steht für *Buckskin Ranch*. Alle Pferde der Familie Bigsby bekamen dieses Brandzeichen, bevor sie auf das Schiff nach Deutschland verladen wurden.«

Rebecca Bigsby nahm Lisanns Hände. »Das ist jetzt sicher nicht leicht für dich. Lass mich dir bitte was erklären.« Sie sah kurz zu Lisis Eltern, die dicht beieinanderstanden. »Es ist tatsächlich so wie vermutet. Das Pferd, das deine Eltern dir gekauft haben, ist unser Montano. Und selbstverständlich haben wir ihn genauso lieb, wie du ihn lieb hast. Sicher vermisst er sein Zuhause, wir sind schließlich seine Familie.«

Lisann wusste, worauf ihre Worte abzielten. Ihre Augen füllten sich mit Tränen. Obwohl Rebecca so freundlich sprach, tat ihr die Nachricht unendlich weh. Sie konnte nicht fassen, dass dieser schreckliche Moment Wirklichkeit war. »Aber ... aber das ist nicht fair«, stammelte sie.

In diesem Augenblick stellte sich Sofia zu ihren Eltern. Sie wirkte erleichtert, ihr Gesicht war weniger verschlossen.

Rebecca hielt noch immer Lisis Hände. »Hör zu, Lisann. Natürlich nehmen wir dir Montano jetzt nicht einfach weg. Deine Eltern sagten mir, ihr seid noch sechs Tage hier in den Ferien auf dem Falbenhof. Du darfst ihn so lange bei dir behalten und reiten und dich in Ruhe von ihm verabschieden.« Langsam ließ sie Lisis Hände aus ihren gleiten.

Sofia sah erschrocken auf. »*What? Why ...?*«

Rebecca schnitt ihr das Wort ab. »Sofia, *stop it*! Denk daran, wie die arme Lisann sich jetzt fühlt. Du hast doch Silver. Eine Woche lang kannst du noch auf Montano verzichten.«

Anja trat vor und schloss ihre verzweifelte Tochter in die Arme. »Mein armer Schatz. Ich weiß, das alles ist furchtbar für dich. Aber die Bigsbys haben sich etwas sehr Schönes überlegt. Nicht wahr, Jack?«

»Richtig«, antwortete Sofias Vater mit starkem Akzent.

Durch einen Tränenschleier erkannte Lisann, wie der Mann mit dem weißen Cowboyhut sie vielsagend ansah.

»Wie du weißt, haben wir eine eigene Pferderanch. Noch ist der Reitbetrieb nicht eröffnet, aber unsere Westernpferde aus Amerika sind schon da. Wir haben viele verschiedene Rassen. Quarter Horses, Paint Horses, Appaloosas und Criollos, wie Montano. Einige lassen sich ähnlich reiten wie er.«

Lisann hörte nur halbherzig zu. Warum sprach er von anderen Pferden? Wollte er ihr etwa Reitstunden auf ihnen anbieten? »Danke, sehr freundlich, aber …«

»Lass Herrn Bigsby aussprechen, Lisi«, sagte ihre Mutter mit einem seltsam sanften Blick. »Er will dir etwas vorschlagen.«

»Wir möchten dir anbieten, dass du die Zeit deiner Herbstferien nutzt, um täglich zur Ranch zu kommen. Du darfst jedes Pferd reiten, das dir gefällt. Und am Ende suchst du dir eines aus und wir schenken es dir.«

»Wie bitte?« Für eine Sekunde entglitten Lisann alle Gesichtszüge.

»Du hast freie Auswahl unter unseren Schulpferden«, wiederholte Jack.

Rebecca nickte zustimmend und sagte dann zu Elias und Mira: »Natürlich dürft ihr zwei auch mitkommen. Reitet, welches Pferd euch gefällt, und helft Lisann, sich eines von ihnen auszusuchen.«

Anja drückte Lisis Schultern. »Ist das nicht toll, Schatz? Und Herr Brandt ist sogar bereit, euch die Ferienreitstunden gutzuschreiben, die ihr dann verpasst. Somit könnt ihr sie in den nächsten Ferien nachholen.«

»Wirklich sehr großzügig von Ihnen«, sagte Lisanns Vater erst zu Herrn Brandt. Dann sah er zu den Bigsbys. »Und von Ihnen natürlich erst recht.«

Lisann selbst presste die Lippen zusammen und versuchte zu lächeln. Mit aller Mühe stieß sie hervor, was alle erwarteten: »Danke schön.«

Jeder im Wohnzimmer schien glücklich und zufrieden zu sein. Sie gaben sich die Hände und klopften sich auf die Schultern. Aber Lisann fühlte sich ganz anders. Kein Pferd der Welt könnte Monsoon ersetzen! Nicht einmal ein Einhorn könnte das!

Mira schien die Einzige zu sein, die ihre wahren Gefühle erriet. Stumm stellte sie sich neben ihre Freundin und verhakte ihren kleinen Finger mit dem von Lisi.

Bald waren alle in Aufbruchsstimmung.

Die Polizisten verließen als Erste das Haus und fuhren davon.

Herr Brandt schüttelte den Bigsbys zum Abschied die Hände. »Eine hervorragende Lösung. Vielen Dank und auf gute Nachbarschaft zwischen uns Reiterhof-Besitzern.«

»Ja, auf gute Nachbarschaft«, erwiderte Jack lächelnd.

Herr Brandt und Elias verschwanden ins Haupthaus.

Jack, Rebecca und Sofia blieben noch in der geöffneten Eingangstür kurz stehen.

»Dann erwarten wir euch morgen auf unserer Ranch«, sagte Rebecca lächelnd. »Lisann, schlaf eine Nacht über alles. Vielleicht finden wir morgen schon ein neues tolles Pferd für dich. Du wirst staunen, unsere *Working Horses* sind etwas ganz Besonderes.«

Lisann setzte gerade zu einer Antwort an, als ein lautes Rauschen erklang. Ein Platzregen ging auf den Hof nieder. Er war so heftig, dass die Tropfen eine Handbreit über dem Boden hochsprangen. Dieses Wetter war passender als jede Antwort, dachte Lisi.

»O nein, oben sind die Fenster auf«, rief Alice entsetzt.

Mit diesen Worten eilten Miras und Lisis Eltern durch das Ferienhaus, um rasch alles zu kontrollieren.

Die Bigsbys rannten mit hochgezogenen Schultern zu ihrem Auto.

Dabei rief Rebecca über ihre Schulter hinweg: »*See you tomorrow.*«

Kapitel sieben

Etwas war heute anders als sonst nach dem Aufwachen. Lisann kam nicht gleich darauf, was es war. Nachdenklich setzte sie sich in ihrem Bett auf und sah aus dem Fenster, als Mira sich genüsslich streckte und dabei seltsame Geräusche machte.

»Guten Moooorgen«, gähnte Mira. »Wie hast du geschlafen?«

Lisanns Kopf dröhnte. Sie hatte die halbe Nacht geweint und dabei versucht, Mira nicht zu wecken. Plötzlich fiel ihr ein, was anders war. »Ich hatte keinen Albtraum!«

»Echt nicht?«

»Nein.« Lisann versuchte, sich zu erinnern, was sie stattdessen geträumt hatte, und verzog das Gesicht. »Wir zwei waren Ski fahren.«

»Was?« Mira lachte auf. »Wenn es eine Sache gibt, die ich noch weniger kann als reiten, dann das.«

Lisann sah noch mal aus dem Fenster. Der Regen war vorbei und der Himmel über dem Falbenhof zeigte nur dünne Schleierwolken vor einer blassen Herbstsonne. Es versprach ein schöner Tag zu werden – jedenfalls so schön, wie er unter diesen schrecklichen Umständen werden konnte. Monsoon war nicht mehr ihr Pferd! Mehr als alles in der Welt wünschte Lisann sich ihre Albträume zurück, wenn Monsoon so wieder ihr gehören würde.

Mira schlüpfte aus ihrem Bett hinüber zu Lisann. Im Schneidersitz setzte sie sich ihrer besten Freundin gegenüber. »Woran denkst du?«, fragte sie.

Lisi sah sie an. »Daran, dass die letzten Ferien die schönsten meines Lebens waren und dass diese Ferien jetzt wohl die furchtbarsten werden.«

Mira nickte mitfühlend. »Kann ich verstehen.«

»Wie soll ich mich für ein anderes Pferd entscheiden, wenn ich mein Traumpferd doch schon gefunden habe? Monsoon ist alles, was ich will. Vielleicht sollte ich gar nicht erst zu dieser dämlichen Buckskin Ranch fahren.«

Mira legte die Stirn in Falten. »Und was willst du stattdessen machen?«

»Keinen Plan. Im Zimmer hocken und heulen vielleicht.«

»Das lasse ich bestimmt nicht zu«, sagte Mira entschlossen. »Wir geben doch jetzt nicht einfach auf.«

»Hä? Was bleibt mir denn für eine Wahl? Du hast Sofia doch gehört. Sie wird Monsoon niemals hergeben. Und auch wenn ich sie nicht ausstehen kann, diesen Punkt verstehe ich.«

»Zugegeben, die Chance ist nicht groß. Aber vielleicht geschieht ja noch mal ein Wunder.« Mira zog die Decke um sich.

»Noch mal?«, fragte Lisi.

»Denk nach! Hätte dir jemand vor den letzten Sommerferien gesagt, dass du mit deinem eigenen Pferd nach Hause kommen wirst, hättest du es auch nicht geglaubt. Es war wie ein Wunder.«

Lisann kam ins Grübeln, obwohl sie noch immer diesen Stein auf der Brust spürte. »Das stimmt. So war es!«

»Na bitte. Wenn du willst, dass noch mal so was passiert, kannst du wohl schlecht hier im Zimmer rumsitzen.«

»Und was ist der Plan?«

»Hm.« Mira legte sich nachdenklich den Finger an die Lippen. »Du weißt doch, was unsere Sportlehrerin Frau Platzek immer sagt, wenn zwei Teams gegeneinander spielen.«

»Kenne deinen Gegner!«, sagte Lisann. Diese Worte hatte Frau Platzek so oft wiederholt, dass sie sich in ihr Gedächtnis eingebrannt hatten. »Du meinst, ich soll Sofia besser kennenlernen?«

»Schaden kann es nicht. Wäre doch gelacht, wenn wir uns von Miss Rodeo die Reitferien versauen lassen würden. Und jetzt rein in die Reitklamotten.«

Lisann umarmte Mira. »Wenn ich dich nicht hätte!«

Obwohl sie nicht wusste, was der Plan bringen würde, fühlte es sich gut an, einen zu haben. So weit hatte Mira schon mal recht.

Sie machten sich bereit und stürzten danach im Stehen ihren Kakao hinunter.

Alice und Anja kamen in die Küche.

»Guten Morgen. Ihr seid ja schon fertig«, bemerkte Anja. »Das heute wird sicher aufregend.«

Lisi fiel auf, dass ihre Mutter zum ersten Mal darauf verzichtete, sie auf tausend Gefahren hinzuweisen. Oder die Wettertauglichkeit ihrer Kleidung zu kritisieren. Stattdessen strich sie ihr einfach nur liebevoll über den Arm. »Ich wünsche dir einen ganz tollen Tag, mein Schatz.«

»Danke, Mama.«

»Bist du dir sicher, dass wir dich nicht begleiten sollen? Wir können unseren Ausflug immer noch absagen.«

»Nein, nein. Nicht nötig. Mira und Elias sind ja bei mir.«

»Gut, dann fahre ich euch jetzt zur Buckskin Ranch.« Sie griff nach dem Schlüsselbund.

In diesem Augenblick kam Lenny zur Tür herein. »Ich glaube, das ist nicht nötig. Seht mal raus auf den Hof.«

Lisann und Mira liefen zur Tür. Draußen vor dem Ferienhaus stand ein Traktor und am Lenkrad saß Elias.

»Na? Seid ihr so weit? Euer Taxi ist schon da«, rief er gut gelaunt.

»Du machst Witze«, stieß Mira aus. »Darfst du dieses Monster überhaupt fahren?«

»Ja, seitdem ich sechzehn bin.« Er klopfte auf das Lenkrad. »Wollen wir?«

Lisann drehte sich zu ihren Eltern um. Diese zuckten nur die Schultern.

»Wenn dir das lieber ist als unser Auto, dann spring auf«, sagte ihr Vater.

Mira fragte gar nicht erst und hüpfte fröhlich auf den Traktor zu.

»Eine muss zu mir auf den Fahrersitz. Und eine kann hier auf den Extra-Platz.«

Lisann raunte Mira zu: »Na los! Setz dich schon neben Elias.«

Die Wangen ihrer Freundin verfärbten sich rot. Kein Wunder, so nah war sie Elias diese Ferien noch nicht gewesen.

Er startete den Traktor und rief gegen den Lärm an: »Für eine Unterhaltung ist es hier leider zu laut. Aber in zwanzig Minuten sind wir da.«

Sie winkten ihren Eltern und verließen den Hof mit einem lauten Knattern.

Mira und Elias fingen bald trotzdem ein Gespräch an – wofür sie noch enger zusammenrücken mussten. Immer wieder sprachen sie ins Ohr des anderen. Manchmal lachte einer von beiden. Irgendwann legte Elias seinen Arm hinter Mira und hielt sich an einer Stange fest. Beinahe glich es einer Umarmung.

Lisann fing den glückseligen Blick ihrer Freundin auf. Sie selbst war gedanklich weit weg.

Mit Sicherheit würde es total komisch werden, auf einem anderen Pferd zu sitzen. Fast hatte sie Angst davor. Seit über drei Monaten war sie nur auf Monsoon geritten, und nun erwarteten alle, dass sie sich in wenigen Tagen in ein anderes Pferd verliebte. Wie sollte das gehen?

Die zwanzig Minuten vergingen wie im Flug und die Buckskin Ranch erschien vor ihren Augen. Bald tuckerte der Traktor durch das hölzerne Tor die Auffahrt entlang.

Der Motorenlärm hatte ihr Kommen verraten, denn schon von hier aus konnte Lisann sehen, wie Sofia und ihre Familie aus dem Wohnhaus gelaufen kamen.

Jack winkte Elias zu einem Platz, wo er parken konnte. Mit einem letzten Ruck kam der Traktor zum Stehen und die drei Freunde sprangen nacheinander ins Gras.

»Willkommen«, sagte Jack freundlich und begutachtete das Gefährt. »Mit einem solchen Auftritt habe ich nicht gerechnet. Wolltest du gleich auch noch unsere Felder pflügen, Elias?«

»Eigentlich nicht«, gab dieser lachend zurück. »Wenn ich ehrlich bin, kann ich es nicht erwarten, aufs Pferd zu kommen. Ich wünsche mir schon eine ganze Weile, das Westernreiten ausprobieren zu dürfen. Also vielen Dank, dass ich mit Lisann herkommen darf.«

»Ja, auch ich möchte mich bedanken«, sagte Mira.

Rebecca schüttelte den Kopf. »Nicht doch. Ich bin froh, dass ihr beide mitgekommen seid, um Lisann zu unterstützen.« Sie sah sie nun direkt an. »Ich war mir gar nicht sicher, ob ich dich heute wirklich hier sehen würde.«

»Wenn ich ganz ehrlich bin, war ich mir auch nicht sicher«, gestand Lisann.

»Das verstehe ich. Aber wir alle sind froh darüber, dass du gekommen bist.«

Jack nickte. »Stimmt!« Dann stieß er seine Tochter an.

»*Sure*«, sagte Sofia schnell und verbesserte sich gleich danach. »Ich meine: Klar doch.« Ihr Gesicht blieb dabei verschlossen. »Kommt mit. Ich zeige euch jetzt die Pferde.«

Gemeinsam liefen sie über den Hof, der viel größer und weitläufiger war als vermutet.

Lisann betrachtete das hölzerne Stallgebäude, das sicher Platz für dreißig Pferde bot. Jede Box hatte einen eigenen

Außenpaddock. Gleich dahinter gab es eine Reithalle, einen Longierzirkel, einen Waschplatz, einen Reitplatz. Und einfach alles war aus ganzen Baumstämmen gefertigt, was das Gefühl vermittelte, in einem Wildwestfilm zu sein.

»Kommst du?«

Lisann hatte durch ihr Staunen gar nicht bemerkt, dass die anderen bereits auf der Weide waren. Sofia hielt das Gatter für sie auf und zeigte auf einen ganzen Haufen dünner Knotenhalfter, der neben dem Zaun lag. »Nimm dir eines.«

Schnell schlüpfte auch Lisann durch das Gatter und griff sich eines der Halfter.

Sofia zeigte in die Ferne. »Da hinten stehen die Schulpferde.«

»Wow, sind die bunt«, bemerkte Mira. »So viele Fellfarben auf einmal habe ich ja noch nie gesehen.«

Sofia nickte. »Ja, Westernpferde können alle möglichen Zeichnungen haben.« Sie wies mit dem Finger nacheinander auf die Pferde. »Das sind Cody, Chester, Sugar, Halo, Chuck, Silver, Aspen, Timber, Woody, Nugget, Sparkle, Dusty und Angus. Ihr dürft jedes Pferd reiten. Nur nicht Silver, der ist meiner.«

»Du hast noch ein Pferd?«, fragte Lisann.

»Ja, meine Eltern haben ihn mir geschenkt, nachdem Montano geklaut wurde.«

Es klang wie ein Vorwurf. Als hätte Lisann persönlich Monsoon von der Weide geklaut.

Elias und Mira liefen direkt zu den Pferden und begannen, sie zu streicheln.

Lisann blieb stehen und sah Sofia nach, wie sie zu ihrem wunderschönen Apfelschimmel ging und ihm das Halfter anlegte. »Na, mein süßer Silver. Wollen wir eine Runde reiten?« Danach gab sie ihm liebevoll einen Kuss auf die Nase und schmiegte sich an ihn.

Genau wie ich und Monsoon, dachte Lisann bitter. Der Gedanke, dass diese Sofia gleich zwei Traumpferde hatte und sie selbst keines, machte sie neidisch und wütend. Am liebsten hätte sie das Halfter auf den Boden geschmissen und wäre gegangen.

Elias' Rufen lenkte sie ab. »Wie soll man sich da nur entscheiden?«

Auch Mira rang die Hände und drehte sich um sich selbst. »Ja, sie sind alle so schön.«

»Vielleicht kann ich helfen«, bot Sofia an. »Wie gut reitet ihr denn?«

Mira grinste. »Ich reite nicht so gut. Die anderen beiden sind Profis.«

»Verstehe, dann ist für dich wohl Timber der Richtige. Er ist sehr genügsam.«

»Welcher ist das?«, wollte Mira wissen.

Sie zeigte auf eines der Pferde, das beinahe golden aussah. »Der Palomino ganz links mit der weißen Mähne und dem weißen Schweif.«

Mira blickte sehr zufrieden. »Der ist aber besonders hübsch.«

»Und du, Elias? Was hältst du von dem Overo da hinten?«

»Was ist ein Overo?«

»So heißt die Farbe. Der Schecke, mit den zerrissenen Flecken und dem weißen Kopf. Er ist noch jung und sehr lauffreudig. Sein Name ist Nugget.«

»Klingt spannend. Den nehme ich gerne.«

»Jetzt bleibst nur noch du, Lisann? Welches Pferd gefällt dir?«

Alle Pferde waren ohne Frage wunderschön. Aber Lisann konnte sich nicht entscheiden. Es kam ihr vor, als würde sie Monsoon verraten. Zum Glück wurde ihr die Entscheidung abgenommen. Eine Pferdenase stieß sie von hinten an. »Huch!« Lisi drehte sich um und sah in zwei riesige schwarze Kulleraugen mit langen Wimpern. Sie gehörten zu einer mausgrauen Stute mit einem schwarzen Aalstrich über den Rücken. »Wer bist du denn?«

»Dusty. Und diese Farbe nennen wir Grullo.«

»Gut, ich nehme Dusty.«

Mit ihren Pferden am Halfter liefen sie zum Putzplatz – einem langen Holzbalken mit einem Dach darüber, das Schutz vor Regen und Sonne bot.

Mira und Lisann banden Dusty und Timber an. Elias und Sofia taten es ihnen mit Silver und Nugget gleich.

»So, und jetzt kommt mal mit in die Sattelkammer«, rief Sofia. »Ich wette, was ich euch gleich erzähle, wird euch überraschen.«

Mira trat an Lisanns Seite. »Was meint sie nur damit?«

»Ich habe keine Ahnung«, gestand Lisi schulterzuckend und lief hinter Sofia in das Stallgebäude. Sie passierten die Boxen und betraten eine Kammer am Ende des Stalls. Hier hingen die Wände voller Westernsättel und Pads.

Sofia machte eine ausladende Geste mit dem Arm. »Bitte schön. Sucht euch einen aus.«

Lisann, Mira und Elias sahen sich einen Moment lang verwundert an.

»Wie jetzt, aussuchen?«, fragte schließlich Elias. »Welche Sättel gehören denn zu Timber, Dusty und Nugget?«

Sofia grinste. »Ihr habt schon richtig gehört. Die Pferde haben keine eigenen Sättel. Auf einer Working Ranch gehört nicht immer ein bestimmter Sattel zu einem bestimmten Pferd. Vielmehr gehört hier ein Sattel zu einem Reiter. Ihr müsst herausfinden, auf welchem Sattel ihr gut sitzt.«

»Wie verrückt ist das denn?« Lisann runzelte die Stirn. Ein Sattel muss doch optimal an den Pferderücken angepasst werden? Am besten von einem Sattler.«

Sofia schüttelte den Kopf und nahm sich einen der Sättel. »Nicht in Wyoming, wo du jeden Tag bis zu sieben Stunden reitest und täglich die Pferde wechselst.« Sie zuckte die Schultern. »Das ist eben das echte Westernreiten und nicht das deutsche Westernreiten.«

»Aber was ist mit den Pferden?«, fragte Mira. »Bekommen sie keine Scheuerstellen, wenn die Sättel nicht genau passen?«

»Nein, auf ihnen liegen so dicke Sattelpads, dass es fast egal ist, welcher Sattel darüber kommt«, erwiderte Sofia. »Greift zu. In fünf Minuten sitzen wir auf den Pferden.«

»Fünf Minuten?«, fragte Mira erstaunt, während sie sich zögerlich einen Sattel von der Halterung zog. »Das werden wir wohl kaum schaffen. Wir haben die Pferde ja nicht mal geputzt.«

»Wenn wir es machen wie die Cowboys, geht alles etwas schneller«, sagte Sofia und grinste. »Guckt mir einfach zu, dann wisst ihr, was ich meine.«

Wenig später ließ Sofia die Wurzelbürste und den Hufkratzer wieder in ihren Putzkasten fallen, klopfte sich den Staub von den Händen und sagte: »Das ist genug.«

»Bist du dir sicher?« Elias runzelte die Stirn.

»Klar. Wyoming-Style eben. Die Sattellage und Hufe müssen sauber sein. Alles andere ist Schnickschnack, sagt mein Vater immer. Ich glaube, ich habe ihn noch nie eine Mähne bürsten sehen.«

Ein kehliges Lachen ertönte. »Ganz so schlimm ist es auch nicht«, protestierte Jack Bigsby, der gerade um die Ecke kam. »Ein paarmal habe ich das schon gemacht. Immer dann, wenn diese verdammten Kakteen sich in den Mähnen verfangen. Aber die gibt es hier in Deutschland ja nur in Blumentöpfen.« Er klopfte Silver den Hals. »Wohin willst du mit unseren neuen Freunden reiten, Sofia?«

»Nur eine kleine Runde über die hinteren Weiden am Wald entlang, wo die Zäune noch nicht stehen. Und dann durch den Wald zurück.«

»Okay. Dann rauf auf die Pferde und los.«

»Los?«, stieß Mira erschrocken aus. »Ich weiß doch gar nicht, was ich machen soll. Ich bin noch nie auf einem Westernpferd geritten.«

Jack lachte. »Unsere Pferde sind die besten Lehrer, Mira. Du wirst schon sehen.«

Kapitel acht

Unzählige Grashüpfer sprangen vor den Hufen der Pferde zur Seite, als sie über die kräuterbewachsene Wiese ritten.

Lisann sah neben sich zu Mira. Schon jetzt, nach wenigen Minuten, entspannten sich ihre hochgezogenen Schultern und sie wagte die Zügel in nur eine Hand zu nehmen.

Tatsächlich war es genau so, wie Jack eben gesagt hatte. Diese Pferde reagierten so schnell und zuverlässig auf Stimme, Gewicht und Schenkelhilfen, dass lange Erklärungen überflüssig waren.

Lisann spürte deutlich, dass Dusty dieselbe Ausbildung bekommen hatte wie Monsoon. Es war das erste Mal, dass sie auf einem Pferd saß, dass sich ähnlich reiten ließ. Dennoch war die niedliche Stute kein Vergleich zu ihrem allerliebsten Wildpferd.

Elias schüttelte verblüfft den Kopf. Er schien schon jetzt restlos begeistert. »Das ist ja der helle Wahnsinn«, schwärmte er in Sofias Richtung. »Ich glaube, Nugget kann meine Gedanken lesen. Bein und Zügel an eine Seite und er weicht aus. Gewicht nach hinten und Hand nach oben und er steht. Dabei ist er noch so jung.«

»Ja, für sein Alter hat er schon viel gelernt«, erklärte Sofia ein bisschen belustigt.

Mira schloss sich gleich mit ihrer Begeisterung an. »Seht mal, es klappt. Ich reite tatsächlich nur mit einer Hand«, strahlte sie und ließ Timber kleine Schlangenlinien gehen. Dabei begann sie, lässig zu pfeifen.

»*I know.* Keine Überraschung für mich.« Sofia nickte.

»Ich glaube, ich bin noch nie so gut geritten. Wie ist das möglich?«, wollte Mira wissen.

»Nun«, sagte Sofia. »Unsere Pferde sind so ausgebildet, dass sie mit wenigen Hilfen auskommen. Für mehr ist bei der Arbeit oft einfach keine Zeit.«

Mira sah nun verstohlen zu Lisi, die sich noch gar nicht am Gespräch beteiligt hatte. Unbemerkt von den anderen deutete sie mit dem Kopf in Richtung Sofia.

Lisann verstand ihre beste Freundin wie immer ohne Worte. Sie sollte *den Gegner kennenlernen.* Obwohl sie im Grunde keine Lust auf eine Unterhaltung mit Sofia hatte, fragte sie: »Was für eine Arbeit meinst du denn?«

»Rinder.« Sofia bekam plötzlich einen stolzen Gesichtsausdruck. »In Amerika hatten wir über achthundert Stück.«

»So viele?«, staunte Mira und gab Lisi ein erneutes Zeichen mit der wedelnden Hand.

Lisann bedachte ihre Freundin mit einem giftigen Blick. Dennoch überlegte sie sich eine nächste Frage. »Ich will ja nicht begriffsstutzig sein, aber was genau haben die Pferde mit den Rindern zu tun?«

»Hast du noch nie einen Westernfilm gesehen?«, gab Sofia zurück, ohne Lisann anzusehen.

Tolle Antwort, dachte Lisann genervt und zeigte das mit einem Augenrollen in Miras Richtung. Am liebsten hätte sie Sofia geantwortet: *Lass stecken, Miss Rodeo!* Stattdessen sagte sie: »Na ja, hier bei uns stehen Rinder für gewöhnlich entweder auf der Wiese oder im Stall …«

»In Wyoming ist das anders. Sie leben auf Weideflächen, die so groß sind, dass du den Anfang und das Ende nicht sehen kannst. Die Tiere können laufen, wohin sie wollen. Und das ist manchmal sehr weit. Straßen gibt es da oft nicht. Man kommt also am besten auf dem Pferd zur Herde.«

»Und dann?«, fragte Elias. »Was macht ihr dann da? Gebt ihr allen Kühen ein High five und reitet wieder zurück?«

Sofia musste lachen. »Ihr wisst ja echt gar nichts über unser Leben da drüben, was?«

Wieder so ein Spruch! Lisann hielt sich nur mit Mühe zurück. Warum war Sofia so überheblich?

Sie erreichten den Waldrand, wo die Pferde mit den Hufen bunte Blätterhaufen vor sich herschoben.

»Es ist verschieden«, begann Sofia ihre Erklärung. »Manchmal kommen Kälber zur Welt und die Mutterkuh braucht Hilfe. Oder ein Rind ist verletzt und muss erschossen werden.«

Mira sog hörbar die Luft ein. »Das ist ja furchtbar.«

»Man gewöhnt sich daran, auch wenn's traurig ist.« Sie zuckte die Schultern. »Hauptsächlich mussten wir die Herde aber von einem Wasserloch zum nächsten treiben. Wir nennen das *Cattle drive.*«

Elias stand der Mund offen. »Kühe treiben? Ich fasse es nicht. Du bist also wirklich ein echtes Cowgirl?«

»*Yes, I am*«, bejahte sie mit sichtbarem Stolz. »Wenn man von den Rindern lebt, hat man in Wyoming keine andere Wahl. Die Sommer sind sehr trocken. Das Gras ist oft gelb und der Boden mit rotem Staub bedeckt. Aber im Winter fällt dann meterhoch der Schnee.«

»Verrücktes Wetter da in eurem verrückten Land«, sagte Mira.

Sofia schmunzelte. »Für mich war es das Paradies. Ich wollte gar nicht weg. Aber meinen Eltern war die Arbeit auf Dauer zu schwer.«

»Und wie seid ihr ausgerechnet in diesen einsamen Wald gekommen?« Elias machte eine Geste mit dem Arm. »Ich kenne die Gegend, seit ich ein Kind war, und es war immer verlassen hier.«

»Mein Großvater ist Deutscher. Das Land hier gehört ihm. Er erzählte uns, dass hier die Leute viel Geld dafür bezahlen, um zu reiten. Wir haben echt gestaunt, weil Pferde für uns eher Arbeitstiere sind und kein Freizeitvergnügen. Es war seine Idee, dass wir hier eine Ranch bauen und den Leuten das *echte* Westernreiten beibringen.«

Lisann hatte mittlerweile das Bedürfnis, sie anzuknurren. *Das echte Westernreiten.* Pah. Das war doch schon wieder eine Spitze in ihre Richtung!

Sie ritten einen großen Bogen zu den abgeholzten Stellen, an denen sie gestern schon vorbeigekommen waren. Sofia erklärte, dass hier bald weitere Weiden entstehen sollten. Und auf den Trampelpfaden liege bald weicher, weißer Sand. »Ich kann es nicht erwarten, dass alles fertig ist und die ersten Reitschüler kommen. Aber bis dahin wird es noch dauern. Mein Vater sagt, bis zum Winter vielleicht.«

Sofia lenkte Silver wieder raus aus dem Wald. Die Buckskin Ranch erschien wieder vor ihren Augen – diesmal von der anderen Seite und umrahmt von noch mehr Weiden.

Sie waren einen Halbkreis geritten, wie Lisann feststellte.

»Wieso habt ihr eigentlich so viel Weidefläche? Werden noch mehr Pferde kommen?«, fragte Elias und klopfte Nugget den Hals.

»Pferde nicht«, gab Sofia zurück. »Aber Rinder. Wie sollen wir unseren Schülern sonst zeigen, wie das Leben auf einer Working Ranch läuft? Dazu gehört natürlich auch der Cattle drive – in klein, versteht sich.«

Elias bekam große Augen. »Wann werden die Rinder erwartet?«

Sie zuckte die Schultern. »Ich glaube, in zwei oder drei Tagen.«

»Schon? Das ist ja toll«, jubelte Elias. »Zeigst du uns dann, wie man Kühe treibt?«

»O ja, bitte«, bettelte nun auch Mira.

Lisann konnte sich über ihre beste Freundin nur wundern. Hatte sie etwa vollkommen vergessen, dass Reiten eigentlich gar nicht so sehr ihr Ding war?

»*Okay, I promise*«, sagte Sofia etwas überrascht über die Begeisterung. Doch sie schien sich zu freuen. »Wenn ihr so gerne wollt, dann werdet ihr eben meine Probereitschüler.«

»Einverstanden, Frau Lehrerin.« Elias nickte zufrieden.

Lisann wusste nicht, was sie von alldem halten sollte. Und auch nicht, was sie von Sofia halten sollte. Heute Morgen noch hatte sie nicht mal gewusst, ob sie wirklich herkommen wollte. Jetzt schienen Elias und Mira so begeistert, dass Lisi das Gefühl hatte, gar keine Wahl mehr zu haben.

♥

Es dämmerte schon, als ihr knatternder Traktor die Allee zum Falbenhof entlangfuhr.

»Lass mich bitte da vorne raus, Elias«, rief Lisann gegen den Lärm an.

»Beim Weg zur Weide?«, fragte Elias erstaunt.

»Ja, ich will noch mal nach Monsoon sehen, bevor es dunkel wird.«

Mira berührte Lisi an der Schulter und zog sie etwas näher heran. »Ist doch schon total spät«, rief sie ihr ins Ohr. »Lass uns morgen nach ihm sehen. Wahrscheinlich steht er ganz hinten am Waldrand und außerdem wollen unsere Eltern bestimmt alles von unserem Tag hören.«

»Umso besser«, sagte Lisi zwinkernd. »Geh du schon vor und beantworte die hundertvierunddreißig Fragen. Ich komme gleich nach. Will Monsoon nur Gute Nacht sagen.«

Als Elias den Traktor kurz stoppte, hüpfte Lisann ins Gras und lief dann den Weg hinter den Ferienhäusern entlang.

Urplötzlich war es ganz still um sie herum. Kein Wind wehte ihr mehr um die Ohren. Die Sonne war vor einer Viertelstunde untergegangen und nur noch der Horizont hinter den Bäumen war leicht gelb verfärbt. Ansonsten zeigte sich der Himmel in Blau und Grau. Bald würde es ganz dunkel sein. Lisann war das egal. Sie kletterte über das

Tor und hielt ungebremst auf die hintere Baumreihe zu, wo sie die schattigen Umrisse der Pferde ausmachte.

Sie erkannte Monsoon sofort. Er hatte den Kopf bereits erhoben, als sie sich näherte. Sein Blick schien sie zu fragen, warum sie so spät noch zu ihm kam. Dann schüttelte er seine Mähne und lief auf sie zu.

»Hey, mein Schöner«, begrüßte sie ihn und spürte wie immer ihr Herz schneller schlagen. Behutsam fuhr sie mit ihren Fingerspitzen über sein sommerkurzes Fell. Es war seidig wie die feinen Halstücher ihrer Mutter – auch ohne es zu bürsten.

Monsoon brummelte leise. Er schnupperte an ihr und pustete sie durch seine Nüstern an.

»Ja, du riechst ein anderes Pferd, nicht wahr? Ich hoffe, du bist nicht beleidigt.«

Wie zur Antwort stupste er sie mit seiner Nase weg.

»Ach, Monsoon«, sagte sie schnell. »Es wäre mir tausendmal lieber gewesen, heute auf dir zu reiten. Eine Million Mal lieber! Dusty war lieb und nett, aber nur du allein bist doch mein Traumpferd und mein Seelenverwandter.«

Ihre Finger gruben sich in seine dicke Mähne. Darunter war es wie immer wohlig warm. Lisann lehnte ihre Wange an die andere Seite seines starken Halses und sog dabei tief seinen erdigen Geruch ein. Monsoon stand ganz still, als würde er die Berührungen ebenso genießen.

Lisann fühlte ihr Herz mit Monsoons im Gleichtakt schlagen. Er war so viel mehr für sie als nur ein Pferd. Oder ein Arbeitstier, wie Sofia es heute genannt hatte. Wie – um Himmels willen – sollte sie je ohne Monsoon leben?

Schnell verscheuchte sie diese furchtbare Frage wieder aus ihrem Kopf. Noch war es nicht so weit. Und dieser Moment gehörte nur ihnen beiden.

Ihre linke Hand griff ein Büschel seiner Mähne. Mit bloß einem Schritt Anlauf schwang sie sich auf seinen Rücken und schnalzte. Sofort wurden seine Bewegungen und ihre eins. Kein Sattel dieser Erde hätte ihr noch mehr Sicherheit geboten, so tief saß sie auf seinem Rücken. Abermals schnalzte sie und schloss gleichzeitig die Augen. Monsoons Trab war für sie mittlerweile so leicht zu sitzen wie sein Schritt. Hier oben fühlte sie sich so sicher, dass sie nicht mal sehen musste, wohin sie ritten. Ein Küsschen-Geräusch reichte aus und Monsoon galoppierte sanft an. Das Auf und Ab glich für sie der Bewegung eines Schaukelstuhls. Lisanns Hüfte schwang wie selbstverständlich mit. Ihr Oberkörper hingegen bewegte sich kaum. Sie öffnete die Augen und sah sich durch die Luft gleiten wie ein Greifvogel.

Diese Pferde heute waren toll gewesen, aber keines davon war ein Ersatz für ihren wundervollen Monsoon! Wenn Sofia oder ihre Eltern das ernsthaft angenommen hatten, dann waren sie alle blind.

Monsoon wurde schneller und schneller, als ob er ihre Gefühle spürte und als ob sie vor ihren Problemen davongaloppieren konnten. Mit jedem Galoppsprung wurde ihre Verzweiflung von einem anderen Gefühl verdrängt. Es war Wut! Sie war wütend auf das Schicksal, das sie beide erst zusammengeführt hatte und nun trennen sollte. Das war einfach nicht fair!

»Brr … Woah!«

Monsoon parierte sofort durch zum Schritt.

Entschlossen biss Lisann die Zähne zusammen und schlang dabei die Arme um seinen Hals. Mit Wut konnte sie so viel besser umgehen als mit Verzweiflung.

»Hör mir gut zu, Monsoon. Ich werde nicht aufgeben. Mira hat recht. Vielleicht passiert ja doch noch ein Wunder!«

Kapitel neun

Die Zeit an diesem Tag war wie im Flug vergangen. Als Lisann das letzte Mal beim Frühstück auf die Uhr geguckt hatte, war es halb neun gewesen. Inzwischen war es Mittagszeit und sie ritt vor Mira und Elias auf einem Pferd namens Halo durch den Wald. Die kleine Stute hatte rotes Fell mit Stichelhaaren, wie Lisann sagen würde. Sofia nannte das: *Red Roan.*

»Und? Wie gefällt dir unser kleinstes Pferd?« Sofias Blick ging von oben auf Lisann runter.

»Lieb. Sie ist wirklich lieb«, gab Lisann ausweichend zur Antwort und bemühte sich zu lächeln. Sofias lange blonde Haare wurden von den Sonnenstrahlen angeleuchtet. Sie trug anstatt einer Reitkappe einen Westernhut und sah damit – das musste Lisann heimlich zugeben – ziemlich cool aus.

»Nur lieb? Oder mehr?«, bohrte Sofia weiter und verscheuchte eine Fliege vor ihrem Gesicht.

»Na ja, sie ist winzig, und daran muss ich mich erst gewöhnen. Ihre Beine sind so kurz, dass ich fast mitlaufen kann. Und ihr Hals auch. Wenn ich wollte, könnte ich mich sicher an den Gebissringen festhalten.«

»Wie praktisch, falls sie dir durchgehen sollte«, ergänzte Sofia.

Lisanns Gesicht wurde finster. War das eine Anspielung auf ihre Reitkünste? Doch ihr Ärger verflog so schnell, wie er gekommen war, als sie Elias und Mira ausgelassen lachen hörte. Beide waren bester Laune. Schon auf der Traktorfahrt zur Ranch hatten sie sich angeregt darüber unterhalten, welches Pferd sie heute gerne reiten würden. Elias hatte sich für Angus entschieden – einen kräftigen Rappschecken. Mira saß wieder auf Timber und sah sehr zufrieden aus.

Sie bogen in einen Waldweg ein, der bereits mit einer dicken Schicht Sand aufgefüllt war. Breite Reifenfurchen im Sand verrieten, dass hier noch vor Kurzem Bagger gefahren waren.

»Habt ihr Lust auf ein bisschen Tempo?«, fragte Sofia und alle nickten.

Sie brachten ihre Pferde vom Schritt in einen lockeren Trab. Kurz versicherte sich Sofia mit einem Schulterblick, dass ihr alle folgen konnten. Dann fielen sie in einen weichen Galopp.

Das Knirschen ihrer Ledersättel verschmolz mit dem gleichmäßigen Prusten der Pferde.

Lisann war dankbar – wenigstens in diesem Augenblick musste sie sich nicht um Sofia und ihre Fragen scheren. Ihr Atem passte sich der Bewegung an. Sie gab Halo die Zügel frei und trieb sie mit den Schenkeln an. Die Stute riss freudig den Kopf nach oben und preschte los. Zu Lisis Überraschung war sie trotz ihrer Größe irre schnell.

Die vier waren bereits ein gutes Stück in diesem Tempo geritten, da sah Lisi im Augenwinkel, dass Silver an ihre Seite galoppiert kam. Sofia saß im leichten Sitz.

Es brauchte keine Worte, um die Lage zu erklären. Dies war ein Wettrennen! Und es ging um die Ehre!

Lisann stemmte ihre Beine in die Bügel und brachte ihr Gewicht nach vorn, um Halo den Rücken freizugeben. Die kleine Stute war ehrgeizig und verstand sofort. Das Donnern ihrer Hufe kam in noch kleineren Abständen. Ihr Hals hastete bei jedem Schritt weit nach vorn. Sie wollte gewinnen!

Sofia schnalzte jetzt und trieb Silver energischer mit den Beinen an. Ihr Gesichtsausdruck war verbissen. »Komm schon, lauf, lauf!« Doch alles Antreiben half nicht, denn sie fiel immer weiter zurück.

Lisann setzte sich ab und genoss den Sieg über Sofia in vollen Zügen.

Als sie zurück zur Buckskin Ranch kamen, warteten Jack und Rebecca neben einem Tisch mit kalter Limonade auf sie. Bei ihnen saß ein alter Mann.

»Da seid ihr ja wieder«, begrüßte Rebecca die vier.

Sie sprangen von ihren Pferden und griffen nach den vollen Gläsern, in denen die Eiswürfel klirrten.

»Ein irrer Ritt war das heute«, sagte Elias und nahm sich die Reitkappe vom verschwitzten Kopf. »Lisann und Sofia haben ein Wettrennen gemacht.«

»Wirklich?«, fragte Jack erstaunt und sah seiner Tochter ins Gesicht. »Und wer hat gewonnen?«

»Ich habe unserem Gast den Vortritt gelassen«, sagte Sofia und füllte sich Limonade nach.

Rebecca grinste vielsagend. Dann legte sie dem alten Mann die Hand auf die Schulter. »Darf ich euch Sofias Großvater Emil vorstellen?«

Lisann, Mira und Elias gaben ihm nacheinander die Hand.

Elias' Hand hielt der alte Mann einen Moment lang fest und fixierte ihn mit seinen blassblauen Augen. »Du bist der kleine Brandt, richtig? Ich erkenne dich, auch wenn du sicher einen Meter gewachsen bist, seit ich dich das letzte Mal gesehen habe.«

»Sie kennen mich?«, staunte Elias.

»Eigentlich kannte ich vor allem deinen Opa, Henry Brandt. Du siehst ihm sehr ähnlich.«

Eilas schluckte schwer. Lisann sah ihm an, wie überwältigt er war.

»Wir waren damals auf derselben Dorfschule und immer hinter denselben Mädchen her.« Emil lachte rau. »Später dann entdeckten wir die Pferde und das Westernreiten für uns.« Er lächelte und sah dabei trotzdem irgendwie traurig aus.

Lisann wusste, warum. In den letzten Ferien hatte sie erfahren, dass Elias' Großvater bei einem tragischen Reitunfall gestorben war.

Emil schüttelte den Kopf. »Irgendwann waren wir auf dem Turnierplatz Konkurrenten. Aber niemals im echten Leben. Er war ein feiner Kerl, Elias. Wir hatten immer eine tolle Zeit zusammen. Es freut mich, dass du in seine Fußstapfen trittst. Mal sehen, ob in dir auch ein Cowboy steckt.«

♥

Elias war die gesamte Rückfahrt sehr still.

Lisann ahnte, dass er an seinen Opa dachte. Sie wollte ihn nicht stören und fragte Mira deshalb über Timber aus. »Willst du ihn morgen wieder reiten oder ein anderes Pferd?«

»Auf jeden Fall wieder Timber. Es ist verrückt, aber auf ihm fühle ich mich so sicher. Vielleicht ist es auch der breite Sattel oder sogar das Westernreiten, wie Sofia es uns gezeigt hat. Es gibt nicht tausend Regeln, man kann einfach reiten und genießen. Irgendwie ist das voll mein Ding.«

Lisann staunte nicht schlecht. »Du wirst ja doch noch zur Pferdenärrin!«

Mira zuckte die Schultern. »Kann schon sein. Jedenfalls auf Timber.«

»Und was ist mit Frosti?«

»Den habe ich natürlich immer noch lieb.« Jetzt zeigte sie ein Grinsen. »Aber Timber vielleicht ein winziges Stück mehr.«

Sie lachten und scherzten darüber, wie Frosti ihr das nächste Mal beleidigt den Hintern zeigen würde, wenn sie ihn im Stall besuchen ging.

Auf dem Falbenhof angekommen, sprangen sie vom Traktor. Dabei fragte Lisann: »Und jetzt?«

»Ich habe noch gut zu tun«, sagte Elias und zeigte auf das Stallgebäude hinter sich. »Gismo muss bewegt werden und die Privatställe ausgemistet.«

»Hm.« Lisi sah nachdenklich zum Wald. »Willst du mit Gismo ausreiten oder in die Halle?«

Er sah nach oben in den blauen Himmel. »Ich gehe ins Gelände. War lange nicht mehr am Waldsee, meinem Lieblingsplatz. Möchtest du mit Monsoon mitkommen?«

»Total gern«, sagte Lisi und drehte sich zu Mira um. »Und du?«

»Noch mal reiten? Ihr seid ja beide verrückt. Mir tut ehrlich gesagt der Hintern weh. Ich glaube, ich brauche ein bisschen Wellness in der Badewanne. Und meine Nägel auch.« Sie hielt sich ihre ausgestreckten Finger vors Gesicht. Die hellblaue Farbe war an den Spitzen schon abgeblättert.

Tatsächlich hatte Lisann Miras Finger seit einer Ewigkeit nicht mehr in diesem Zustand gesehen. Das allein zeigte ihre Wandlung in Sachen Pferdeliebe. Aber für zweimal am Tag reiten reichte es wohl noch nicht.

»Beim Ausmisten bin ich wieder dabei.«

»Super. Bis dann!«, rief Elias.

»In zwanzig Minuten mit gesattelten Pferden bei der Baumbank?«, fragte Lisann.

Elias grinste. »Wyoming-Style, was?«

Lisann war das gar nicht aufgefallen. Tatsächlich musste sie zugeben, dass nicht alles, was von Sofia kam, schlecht war. »Wyoming-Style«, bejahte sie.

Beschwingt lief sie zur Weide. Ihr Schritt wurde schneller, je näher sie dem Gatter kam. Es war die Vorfreude auf Monsoon, die Lisann den Hals recken ließ. Er begann zu traben. Sie begann zu rennen. Monsoons schnelle Hufschläge erklangen und sie spürte das Getrommel im ganzen Körper. Gleichzeitig erreichten sie das Gatter, was sie mit einem Lachen und er mit einem Wiehern quittierte.

Wenig später verließen Elias und sie auf Gismo und Monsoon den Hof. Der Wald zeigte sich von seiner schönsten Seite. Ein feuchter Moosgeruch stieg vom Boden auf und die kühle Luft legte sich auf ihre Haut.

Lisi sah eine Gruppe Rehe zwischen den Bäumen stehen. Nur wenige Meter von ihnen entfernt stoben sie kurz darauf über den Weg. Später begleitete sie das Kreischen eines Greifvogels, der über ihnen seine Kreise zog.

Monsoon bemerkte die Tiere immer als Erster. Lisi kannte ihn mittlerweile gut genug, um jedes Muskelzucken und jede Ohrbewegung zu deuten. Oft brauchte er dann ein gutes Zureden von ihr, woraufhin er beruhigt weiterlief. Immer dann stellte sie fest, wie viel schöner das Reiten auf ihm war, schöner als auf jedem anderen Pferd. Irgendwie weniger vorhersehbar und deshalb ganz besonders aufregend.

»Und? Wie hat dir Halo gefallen?«, wollte Elias wissen.

»Der Galopp auf ihr war der Hammer. Sie ist ein echtes Kraftpaket, das mag ich.«

»Also kommt sie für dich vielleicht infrage?« Er klang vorsichtig.

Lisi schüttelte den Kopf. »Eigentlich nicht. Allein schon wegen ihrer Größe. Noch kann sie mich tragen, aber ich werde weiter wachsen und irgendwann bin ich für sie zu schwer.«

»Ja, das sehe ich ein. Also geht die Suche weiter. Welches Pferd willst du morgen reiten?«

»Keine Ahnung.« Lisi hätte am liebsten gesagt: Monsoon! Nur Monsoon und kein anderes Pferd. Aber das hätte jetzt nicht geholfen.

»Komm schon, Lisi. Ich sehe dir an, was du denkst. Gib den anderen Pferden eine Chance. Lass mal überlegen, welche wir noch gar nicht geritten sind. Da wären Chuck, Aspen, Woody, Sparkle, Chester …«

»Hmm. Die sind alle schön … und nett … und …«

»… und was?«

Lisann atmete hörbar ein und wieder aus. »Ach Mann, das alles kommt mir so falsch vor. Es ist, als ob ich mich zwischen Rosenkohl und Gänseleber entscheiden müsste, obwohl ich ein Spaghettieis mit Sahne und Erdbeersoße vor mir habe. Die Buckskin-Pferde sind toll, aber keines kann Monsoon das Wasser reichen. Und je mehr Pferde ich reite, umso deutlicher wird das. Alles an ihm erscheint mir besonders und unersetzbar.«

Es dauerte, bis Elias antwortete. Auf diese flammende Rede gab es einfach nicht viel zu sagen. »Lisi, lass den Kopf nicht hängen. Vielleicht waren Dusty und Halo noch keine Volltreffer. Aber schon morgen kann es anders aussehen. Mit jedem Pferd, das du reitest, erhöht sich die Chance, das richtige zu finden.«

»Ich versuch's ja«, behauptete sie.

»Stimmt gar nicht«, sagte Elias, grinste schief und stieß sie so doll an der Schulter an, dass sie sich lachend am Sattelknauf festhalten musste.

»Hey, du Spinner.«

Er ignorierte ihren Protest. »Ich finde, diese Fuchsstute sah vielversprechend aus. Sugar. Vielleicht solltest du die morgen reiten.«

Lisann nickte. »Ja, vielleicht.«

Nach einer Weile lösten duftende Kiefern die Buchen ab und der laubbedeckte Waldboden wich weißem Sand. Der Geruch von Wasser lag in der Luft.

»Da sind wir«, sagte Elias.

Lisann sah es zwischen den Bäumen glitzern. Lichte Baumstämme gaben die Sicht auf einen wunderschönen See frei. Davor war ein Sandstrand. An den Ufern der anderen Seite ließen leuchtend gelbe Trauerweiden ihre Äste ins Wasser hängen.

»Darf ich vorstellen: Lisann, Lieblingsplatz. Lieblingsplatz, Lisann.«

»Wow! Du hast nicht zu viel versprochen. Es ist wunderschön hier.«

»Komm, wir binden die Pferde da vorne an und gehen zum Strand. Von da aus kann man super Steine übers Wasser flitschen lassen.«

»Das habe ich noch nie gemacht.«

»Echt nicht? Ich kann's dir zeigen.« Elias sammelte flink ein paar flache Steine und übergab die Hälfte an Lisi. »Du musst dich seitlich zum Wasser hinstellen und so ausholen, wie ich es mache.«

Lisann sah ihn werfen. Sein Stein hüpfte gleich fünfmal. »Sehr gut!«

»Versuch du es.«

Ihre ersten Steine gingen einfach unter. Nach ein paar Versuchen aber gelang es ihr. Zweimal hüpfte der Stein über die Oberfläche und hinterließ kreisrunde Wellen im Wasser.

»Ha! Hast du das gesehen?«, freute sie sich.

»Gratuliere. Du lernst echt schnell.«

Sie drehte sich zu ihm um und sah ihn an. »Du aber auch, Elias.« Sie nickte anerkennend. »Echt krass, wie du heute auf Angus geritten bist. Als würdest du schon ewig westernreiten. Und das nach nur zwei Tagen.«

Elias' Augen leuchteten jetzt. »Danke.«

»Das Westernreiten muss dir im Blut liegen. Du siehst wohl nicht nur aus wie dein Großvater, sondern hast auch sein Talent geerbt.«

»Tja, ich wünschte, mein Vater würde das auch sehen.«

»Wird er schon noch. Du musst ihm Emil vorstellen, und dann …«

Elias seufzte. »Ach, ich weiß nicht, ob das eine gute Idee ist. Du hast es ja selbst erlebt. Sobald ich das Westernreiten oder meinen Opa erwähne, wird er komisch. Als ich gestern von der Ranch zurückkam, hat er nur gefragt, ob ich Gismo auch schon bewegt habe. Hatte ich nicht. Danach gab es wieder seine übliche Predigt. Es sei der Beweis, dass ich während der Lehre nicht zwei Sachen gleichzeitig machen kann. Bla, bla, bla. Dabei will ich mich einfach nur nicht entscheiden müssen.«

»Kann ich echt verstehen. Das wäre, als würde man immer nur Käsebrot essen und nie Salami«, ergänzte Lisann und warf den nächsten Stein.

Elias prustete los. »Sag mal, kann es sein, dass du Hunger hast?«

Lisi hielt sich den Bauch. »Ja, irgendwie schon. Seit dem Frühstück habe ich nichts mehr gegessen.«

»Mal ernsthaft. Ich will unbedingt beides! Westernreiten und Englischreiten. Für mich geht gerade echt ein Traum in Erfüllung. Ich bin Sofia total dankbar dafür.«

Lisann drehte sich weg und warf wieder einen Stein. Diesmal hüpfte er gleich dreimal übers Wasser.

»Du magst Sofia nicht, oder?«, fragte Elias.

Lisann schnaubte. »Was denkst du? Sie will mir Monsoon wegnehmen. Außerdem verteilt sie ständig Spitzen gegen mich – so wie heute, als sie davon sprach, dass Halo mir vielleicht durchgeht. Dabei habe ich sie und ihre große Klappe locker beim Wettrennen abgehängt.«

»Sie hat nichts gegen dich«, wiegelte Elias ab. »Das kommt dir nur so vor. Vergiss nicht: Sofia und ihre Familie wollen dir ein neues Pferd schenken. Gib ihr eine Chance, Lisann. Für sie ist die Situation bestimmt auch total seltsam. Vielleicht solltest du mehr mit ihr reden.«

Sie rollte die Augen. »Jetzt hörst du dich schon an wie Mira.«

Elias grinste. »Umso besser. Wenn wir beide dasselbe sagen, muss ja was Wahres dran sein.«

In diesem Moment stieß Gismo ein schrilles Wiehern aus. Monsoon hatte dessen Zügel zwischen den Zähnen. Wie es aussah, hatte er dabei geholfen, sie von dem Ast zu ziehen, um den Elias sie gewickelt hatte. Jetzt ließ Monsoon die Zügel fallen, woraufhin Gismo in entgegengesetzter Richtung davontrottete.

»Was zum Teufel …« Elias joggte los, um sein Pferd wieder einzufangen.

»Monsoon«, schimpfte Lisann und sah ihn dabei vorwurfsvoll an. Insgeheim aber musste sie ein Lachen unterdrücken.

Kapitel zehn

Als sie an diesem diesigen Morgen zur Buckskin Ranch kamen, wartete Sofia bereits mit den gesattelten Pferden auf dem Hof.

Zunächst sah Lisann nur weißlich blasse Umrisse. Dann erkannte sie Silver, Timber, Woody und Sugar.

»Woher wusste sie, dass ich Sugar ausprobieren wollte?«, fragte sie.

»Ich habe ihr gestern Abend noch eine Nachricht geschickt.« Elias winkte Sofia zu, während er auf den Hof fuhr. »Sie schrieb zurück, dass du Sugar mögen wirst. Die Stute soll super ausgebildet sein und war wohl deshalb oft der Liebling der Feriengäste.«

Lisi besah die Fuchsstute mit der breiten Blesse. Ihr Kopf hing tief und ihr Hinterhuf war entspannt eingeknickt. Der lärmende Traktor schien sie nicht zu stören.

»*Morning*«, sagte Sofia und überreichte jedem die Zügel seines Pferdes. »Es kann sofort losgehen.«

»Danke für den Putz-und-Sattelservice«, sagte Elias.

»*No problem*. Nick hat mir geholfen, unser Stallbursche.« Sofia zeigte auf einen dunkelhaarigen Mann, der gerade eine Schubkarre über den Hof schob. Er nickte ihnen zum Gruß zu und verschwand in der Scheune.

Wortlos stiegen sie auf und verließen die Ranch. Sie ritten über die nebelverhangenen Wiesen in den Wald hinein, wo das Sonnenlicht in langen Strahlen durch die Bäume fiel. Der Dunst schluckte die meisten Geräusche. Es herrschte eine magische Stimmung, die jeder stumm genoss.

Sie waren bereits eine Weile geritten, als der Wald sich veränderte. Die Wege, die um die Ranch herum eben waren, wurden nun steiler.

Irgendwann hielt Sofia an und zeigte auf einen besonders imposant aufragenden Hügel, dessen Spitze von dichten Baumkronen verdeckt war.

»Wenn wir dort hinaufreiten, kommen wir zu den Ruinen einer Burg. Von dort aus hat man eine tolle Aussicht auf die ganze Umgebung.« Sofia sagte es, als wäre es das Normalste der Welt, mit Pferden zu klettern. Dann klopfte sie auf ihre beiden Satteltaschen. »Der perfekte Platz für eine Rast. Meine Mutter hat uns Proviant eingepackt.«

»Das ist doch viel zu steil«, protestierte Mira.

Sofia drehte sich auf Silver zu ihr um und blickte kurz erstaunt. »Was meinst du?«

»Du willst doch nicht wirklich mit den Pferden da hoch?«, fragte Elias, als hätte er sie bloß falsch verstanden.

Sofia besah wieder den bewaldeten Hügel. Ein gewundener Trampelpfad war der einzige Weg zur Spitze. »Aber warum denn nicht?«

Mira legte die Stirn in Falten. »Wir könnten ausrutschen … runterschlittern … uns alle Knochen dabei brechen!«

Eine Sekunde verstrich. Dann begann Sofia ausgelassen zu lachen. »Aber doch nicht auf diesem Maulwurfshügel. Das ist gar nichts! In Wyoming müssen die Pferde wirklich steile Wege gehen. Über Geröll. Sie sind das gewohnt. Seht euch doch nur mal die Muskeln auf ihren Hinterteilen an.« Kurz klopfte sie Silver auf die Kruppe. Dann trieb sie ihn an.

Elias zuckte kurz die Schultern. »Sie muss es ja wissen«, sagte er zu Mira und Lisann und lenkte sein Pferd hinter Sofia her.

Leise, sodass nur Mira es hörte, sagte Lisann: »Wenn ich noch einmal das Wort Wyoming höre, muss ich leider ausflippen.«

Mira zögerte ebenfalls noch.

»Los, kommt schon!«, rief Sofia nach unten.

Als sie sahen, wie trittsicher Silver und Woody voranschritten, trauten sie sich schließlich auch.

»Lasst ihnen viel Zügel. Sie finden den besten Weg von ganz allein«, riet Sofia. »Und lehnt euch nach vorne, um die Pferde zu entlasten.«

Es dauerte nicht lang, da konnte Lisann über Sugar nur noch staunen. Furchtlos stieg sie den schmalen Weg hinauf, der auf einer Seite steil abfiel. Die Stute kam ihr vor wie eine Bergziege.

»So was habe ich noch nie mit einem Pferd gemacht.« Elias strahlte über das ganze Gesicht.

Mira blieb stumm. Immer wieder sah sie ängstlich nach unten, nur um dann wieder ganz schnell nach vorne zu blicken.

Lisi hatte keine Angst. Aus irgendeinem Grund vertraute sie Sugar. Entspannt hielt sie sich mit einer Hand am Sattelknauf fest, während die Stute kraftvoll voranschritt. Obwohl Sugar hörbar schnaufte und schon bald zu schwitzen begann, wurde sie nicht langsamer. Bald stieg Lisann der Geruch der erhitzten Pferdekörper in die Nase. Selbst durch den Sattel konnte sie die Wärme spüren. Ermutigend strich sie ihr über den Hals. »Gutes Mädchen. Du schaffst das. Gleich sind wir am Ziel.«

Dann waren sie oben. Die Pferde schnaubten und prusteten. Ihre Bäuche hoben und senkten sich schnell.

Lisann sah sich um. Die grauen Steine der Burgruine wirkten wie aus einer anderen Welt. Moos wuchs darauf. Ein paar Säulen und Fensteröffnungen standen noch immer – sowie eine Treppe, die ins Nichts führte. Staunend stieg Lisi von Sugar. Hier oben wehte ein leichter Wind und strich ihr übers Gesicht. Unter ihr waren die Baumkronen des Waldes zu sehen, zwischen denen der Nebel wie weiche Watte hing.

»Wow, das ist ja eine Wahnsinnsaussicht«, schwärmte Lisann. »Wie weit man hier gucken kann und wie schön der Wald von oben aussieht.«

»*As I told you, guys* … Äh, also, wie ich euch gesagt habe, Leute.«

»Wo wollen wir die Pferde anbinden?«, fragte Mira.

»Lasst einfach die Zügel fallen«, gab Sofia zurück. »Das heißt für sie: stehen bleiben. In Wyoming gibt es oft keine Bäume zum Festbinden.«

Elias staunte. »Wie praktisch! Davon kann ich bei Gismo nur träumen.«

Lisann und er tauschten einen belustigten Blick. Sie dachten beide an den Moment am See.

Auf einer eingefallenen Mauer setzten sie sich und genossen den Inhalt der Satteltaschen. Hart gekochte Eier, Sandwiches, Würstchen, Apfelscheiben, Weintrauben, Müsliriegel und Gummibärchen kamen zum Vorschein.

»Wow. Deine Mutter ist echt die Beste«, murmelte Elias mit vollen Backen.

»Ich weiß. Niemand packt so tolle Lunchpakete wie sie. Unsere Feriengäste in Amerika waren auch immer begeistert. Viele haben aus Spaß gesagt, sie würden allein deswegen noch mal zur Ranch kommen.«

Sie lachten gemeinsam. Zum ersten Mal!

»Kriegst du so was auch immer mit zur Schule?«, wollte Mira wissen.

»Ja, allerdings. Aber bitte erinnere mich nicht an die Schule. Kein gutes Thema.«

»Warum denn das? Gehst du nicht gern hin?«, fragte Elias.

Sofia presste die Lippen zusammen und wog den Kopf hin und her. »Ich verbringe halt jede freie Minute auf dem Rücken meiner Pferde. In Amerika war es schon extrem. Aber seit wir hier sind, reite ich eigentlich nur noch. Ich kenne ja kaum jemanden und weiß nicht, was ich sonst tun soll.«

Lisann horchte auf. Eine Schwäche?

Sofia seufzte. »Tja, mittlerweile sind meine Noten richtig mies. Dafür habe ich auch schon Megaärger kassiert. Meine Eltern überlegen sogar, mich für ein Jahr in so ein Internat hier in der Nähe zu schicken, damit sich mein Zeugnis verbessert.«

Tatsächlich. Lisann staunte nicht schlecht. Zum ersten Mal hörte sie, dass im Leben der supertollen Sofia doch nicht alles Glanz und Glitzer war. Merkwürdigerweise mochte Lisi sie plötzlich ein klitzekleines Stückchen.

»Wenn ich ehrlich bin, hätte ich gar nicht gedacht, dass deine Eltern so streng sind«, sagte Elias erstaunt.

»Oh ja, sind sie. Jedenfalls, wenn es um Schule geht.« Mira winkte ab. »Da flippen selbst die entspanntesten Eltern aus. Lenny und Alice haben mir auch schon mal das Taschengeld für Make-up und Handy gestrichen, als ich drei Sechsen nacheinander geschrieben habe.«

Elias runzelte die Stirn. »Deine Hippie-Eltern? Die sind doch sonst so gechillt!«

»Nicht immer«, verneinte Mira. »So leicht, wie ihr alle denkt, ist es mit ihnen manchmal gar nicht.«

»Ha! Und was soll ich dann sagen?«, fragte Lisann und zog die Augenbrauen hoch. »Im Gegensatz zu deinen Eltern sind meine manchmal die reinsten Gefängniswärter.«

»Wieso das?«, fragte Sofia.

»Ach, weil sie Angst um mich haben, drehen sie regelmäßig durch. Am liebsten würden sie mich in diese Luftpolsterfolie einwickeln, die in Paketen drin ist, wo der Inhalt zerbrechen kann.«

»Klingt doch ganz gemütlich«, scherzte Sofia.

»Haha, sehr witzig«, gab Lisi zurück – diesmal ohne beleidigt zu sein.

Elias schüttelte den Kopf. »Ihr drei seid trotzdem alle noch besser dran als ich. Mein Vater ist auch mein Ausbilder. Das heißt, er hat nicht nur während der Arbeitszeit die Macht über mich, sondern auch in meiner Freizeit.« Er knüllte ein Stück Alufolie und rollte es so zusammen, dass es aussah wie eine Krone. Mit diesem Gebilde auf dem Kopf sprang er auf die Füße und hob den Zeigefinger. »Elias, fege den Mist aus der Stallgasse weg. Elias, reinige die Tränken. Elias, poliere die Sättel der Berittpferde. Und alles flott, flott, Elias. Im Haus warten die nächsten Sklaven-Aufgaben für dich, Elias.«

Sie lachten erneut. So lange, bis sie sich die Bäuche halten mussten.

»Das ist wirklich hart«, sagte Sofia schließlich und wischte sich die Augenwinkel. »Wie es scheint, haben wir alle etwas gemeinsam. Unsere Eltern machen uns manchmal total crazy!«

♥

Sie hatten eine gute Stunde auf dem Hügel bei der Ruine verbracht. Alle Plastikboxen und Brottüten waren leer, als sie wieder auf die Pferde stiegen und zurückritten.

Lisann schwirrte der Kopf. Hatte sie sich nicht vorgenommen, Sofia doof zu finden? Warum fühlte es sich dann gerade an, als würde sie mit drei Freunden zurück zur Ranch reiten?

»So, jetzt müssen wir aber wirklich los zum Falbenhof«, sagte Elias, als er seinen Sattel auf den Bock an der Sattelkammerwand wuchtete. »Ihr wisst ja, auf mich warten noch ein paar dreckige Boxen. Und der Tierarzt kommt später auch noch zu einer lahmenden Stute im Privatstall.«

»Oh, hat sie was Schlimmes …?« Mira verwickelte Elias auf dem Weg zum Traktor in ein Gespräch.

Lisi konnte nicht länger zuhören, denn Sofia kam an ihre Seite.

»Hey. Du hast noch gar nichts zu Sugar gesagt. Wie war sie denn so?«

Diese Frage mochte Lisann überhaupt nicht. Es klang nach: *Bist du endlich bereit, Monsoon rauszurücken?* Sie hatte gehofft, diesmal drumherum zu kommen!

»Sugar hat mir gut gefallen«, sagte sie und rang um ein Lächeln. »Von allen bisher sogar am besten.«

»Das heißt, du willst sie morgen noch mal reiten?«

Lisann nickte. »Klar, gern. Bis morgen, Sofia.« Dann erklomm sie das Trittbrett des Traktors und griff nach der Hand von Elias, der ihr hochhalf. Im Schneckentempo rollten sie durch das Tor.

Mira und Elias quasselten ununterbrochen über die Pferde der Buckskin Ranch und das Westernreiten. Dabei schien Miras Begeisterung am größten zu sein.

»… und nach den Ferien frage ich meine Eltern, ob sie mir Reitstunden auf einem Westernhof bezahlen. Das heißt, ich brauche noch diese Lederhosen, die Sofia immer trägt. Die mit dem Loch vorne und hinten …« Sie schnipste.

»Chaps?«, fragte er.

»Richtig. Und diese coolen Boots hätte ich gern. Und so eine Glitzerweste mit Fransen dran wäre auch mega.«

Elias lachte auf. »Die braucht man doch nur, wenn man Turniere reitet.«

»Vielleicht will ich das ja eines Tages.«

»Ob deine Eltern davon so begeistert sein werden? Turniersport ist nämlich echt teuer …«

Sie grinste. »Zum Glück werde ich bald dreizehn. Dann darf ich hochoffiziell Zeitungen austragen und kann mir etwas Geld dazuverdienen.«

»Bald?«

»Sehr bald.«

»Wann genau?«

»In drei Tagen.«

»Echt? An eurem letzten Ferientag hast du Geburtstag? Das müssen wir ein bisschen feiern.«

»Ach, mal sehen …«, sagte sie bescheidener, als es eigentlich ihre Art war.

Lisi konnte darüber und über die neu erwachte Pferdeliebe ihrer besten Freundin wirklich nur staunen. Den ganzen Urlaub über war das Wort Nagellack nur ein einziges Mal gefallen. Hätte ihr das jemand vor den Ferien gesagt, hätte Lisi denjenigen für verrückt erklärt. Es war fast wie ein kleines Wunder, schoss es ihr durch den Kopf. Wunder geschahen also wirklich dann und wann – so wie Mira es gesagt hatte! Lisann krallte sich an diesen Gedanken fest. Sie musste es tun. Eine andere Wahl blieb ihr nicht. Doch wann würde dieses verdammte Monsoon-Wunder geschehen?

♥

»Gibst du mir bitte die Butter, Schatz?«, flüsterte Anja, um Miras Redefluss nicht zu unterbrechen.

Lisann reichte ihr stumm das gläserne Gefäß.

»… und wenn ich anhalten will, muss ich mich nur zurücklehnen. So ungefähr.« Miras Augen waren weit aufgerissen, als sie sich auf ihrem Stuhl zurücklehnte. Ihre Hände gestikulierten wild. »Mehr muss ich bei Timber nicht machen. Er ist sooo toll. Viel toller als jedes andere Pferd, das ich je geritten bin.«

»Armer Frosti«, sagte Alice belustigt.

»Ich weiß, klingt fies, oder?« Mira machte ein betroffenes Gesicht. »Verpetz mich nicht bei ihm.«

Alle am Tisch lachten, worauf sie einfach weiterredete.

»Und diese Westernsättel. Sie sehen zwar nicht so aus, aber sie sind unglaublich bequem! Lisi hat mir das ja immer schon gesagt, aber so richtig vorstellen konnte ich mir das nicht. Ich wollte es ja nicht mal auf Monsoon ausprobieren. Hätte ich geahnt, was ich da verpasse …«

»Vor allem verpasst du gleich das Abendbrot«, warf Lenny ein und pulte grinsend das letzte bisschen Schale von einem hart gekochten Ei. Gemeinsam mit dem Salzstreuer platzierte er beides auf Miras blitzblankem Teller. »Iss mal was. Danach kannst du weiter von deinem Timber schwärmen.«

»Mach ich. Beides!«

»Jetzt erzähl du doch mal, Lisann. Wie war der Tag für dich?«, fragte ihre Mutter und läutete damit die dritte Fragerunde ein. Nach Dusty und Halo hatte es auch schon eine Art Abendbrottischverhör gegeben. Für einen kurzen Moment lagen alle Blicke auf ihr und jeder im Raum hörte auf zu kauen.

Lisann entging das nicht. Und ebenso wusste sie, was alle hören wollten. Nämlich dass sie – schwuppdiwupp – ein anderes Traumpferd gefunden hatte, das Monsoon ersetzte. Als ob das so einfach wäre!

Ihre Finger drehten den Kakaobecher im Kreis. Tief holte sie Luft und begann beiläufig. »Die Stute, die ich heute geritten bin, heißt Sugar. Sie ist fuchsfarben und hat eine hübsche breite Blesse. Sofia sagte, dass sie eine tolle Ausbildung hat und deshalb immer der Liebling aller Reitschüler in Amerika war.«

»Und? Gefällt sie dir auch so gut?«, fragte Alice.

»Es hat auf jeden Fall viel Spaß gemacht, auf ihr zu reiten. Wir sind einen Berg hoch zu einer Burgruine und …« Lisi musste kurz innehalten, weil ihre Mutter derart hörbar erschrocken die Luft einsog, dass alle zu ihr sahen. »Sugar war sehr trittsicher und null schreckhaft, Mama.«

Anja atmete ebenso hörbar wieder aus und nickte dabei zufrieden. »Das höre ich natürlich besonders gern. Ich mag diese Sugar jetzt schon.« Danach biss sie eine Ecke von ihrem Gurken-Frischkäse-Knäckebrot ab.

Alice legte ihren Kopf schief und sah Lisann an. »Aber so ganz überzeugt klingst du nicht. Ist wohl noch etwas zu früh, hm?«

Lisi zuckte die Schultern. »Ich werde sie morgen noch mal reiten. Mal sehen …«, schloss sie ihre Erklärung ab.

»Ich finde, das klingt doch schon sehr vielversprechend«, stieß Bernd heiter aus. »Wäre doch gelacht, wenn man unter diesen vielen Pferden nicht ein zweites gutes finden würde.« Er stupste Lisann an der Schulter an und hob dann seinen Tee in die Luft. »Auf Sugar!«

»Auf Sugar«, wiederholten die anderen und hoben Saft, Wasser und Kakao.

Obwohl Lisi so gar nicht nach Feiern zumute war, war

dieser Moment ein schöner Moment. Alle wünschten sich nämlich, dass es ihr gut ging.

Kapitel elf

»Wo wollt ihr denn schon so früh hin?« Alice rieb sich müde die Augen und schaltete die Kaffeemaschine an, die bald darauf zu gluckern begann.

»In den Stall«, sagte Mira beschwingt. Sie griff sich einen Apfel, warf ihn in die Luft und fing ihn wieder auf. »Wir haben Elias versprochen, ihm beim Ausmisten zu helfen, bevor wir zur Buckskin Ranch fahren.«

»Du machst freiwillig Stallarbeit und fährst danach noch reiten?«, fragte ihre Mutter erstaunt.

»Japp, und ich kann es nicht erwarten, aufs Pferd zu kommen. Das wird ein toller Tag.« Mira biss in die Frucht und drückte ihrer Mutter einen Kuss auf die Wange. »Ciao, bis heute Abend.«

Lisann sah Mira Richtung Ausgang hüpfen. Hastig trank sie ihr Glas leer. »Warte auf mich.«

Alice schüttelte belustigt den Kopf. »Verstehe einer dieses Kind … Viel Spaß euch beiden.«

Draußen war es gespenstisch neblig. Gerade mal bis zum Stallgebäude konnten sie sehen, wo alle Farben blass erschienen.

Lisann zog den Reißverschluss ihrer Jacke zu. Sie bemerkte, wie die feinen Wassertropfen sich kühl auf ihre Haut legten und sich wie kleine Perlen in ihren Haaren verfingen.

»Wow, irres Wetter heute«, bemerkte Mira.

»Ja, ein bisschen gruselig, wenn du mich fragst.«

»Huah …«, erklang plötzlich eine Furcht einflößende Stimme aus dem Nebel. Beide Mädchen schrien kurz auf.

Elias erschien wie ein Geist vor ihnen und lachte sie aus. »Sorry, Mädels. Die Versuchung war einfach zu groß.«

Mira fasste sich ans Herz. »Boah, hast du mich erschreckt. Voll unheimlich hier draußen.«

Elias lüftete sein Cap, fuhr sich mit der Hand durch die Haare und setzte es sich falsch herum wieder auf. »Ich mag dieses Wetter. Alles ist so friedlich. Selbst die Pferde sind irgendwie gelassener. Ihr werdet es gleich sehen.«

Gemeinsam betraten sie den Stall, wo nur das Rascheln vereinzelter Hufe im Stroh zu hören war. Manche Pferde streckten ihre Köpfe in die Boxengasse, als sie kamen. Andere bewegten sich gar nicht.

»Was hab ich gesagt?«, fragte Elias. »Alle noch am Pennen.«

»Und wohin sollen sie jetzt, damit wir ausmisten können?«, wollte Mira wissen.

»Monsoon kann auf die Weide mit dem Einzelstall, auf der er auch im Sommer schon stand. Kobold, Welli und Frosti sind bereits dort. Die anderen Pferde können auf die Flüsschen-Weide. Ich sperre schon mal mit Litze ab, damit wir sie einfach laufen lassen können.« Daraufhin verschwand er in der Sattelkammer.

Lisann ging zu Monsoon, der zur Begrüßung tief brummelte, wie er es gerne tat. »Guten Morgen, mein Hübscher.« Sie legte ihm das Halfter an und schmiegte sich mit ihrer Stirn an seine. Sofort spürte sie die Wärme und roch seinen Geruch.

»Ich komme mit euch zur Weide«, sagte Mira und trat neben Lisi und Monsoon in den Nebel hinaus.

Nach ein paar Metern aber hielt Lisann plötzlich an. Ohne ein Wort warf sie den Strick über Monsoons Hals und sprang auf seinen Rücken. Dann reichte sie Mira die Hand. »Los, rauf mit dir.«

Mira sah skeptisch zu Monsoon, der ihr jetzt den Kopf zuwandte. »Meinst du, er macht das mit?«

»Klaro«, versicherte Lisann und legte scherzhaft nach: »Er weiß doch, dass du meine beste Freundin bist, und würde dich nie abwerfen.«

»Und wie willst du ihn lenken?«, wollte Mira wissen und blickte zu Lisann hinauf.

»Mit den Beinen natürlich. Klappt fast genauso gut wie mit den Zügeln.«

»Na, hoffentlich hast du recht …!« Mira ließ sich hochziehen und nahm hinter Lisi Platz. Monsoon lief los, als wäre es für ihn ganz normal, zwei Reiter zu tragen. »Tatsächlich, es klappt.« Mira ließ ihre Arme in der Luft schwingen, als hätte sie Flügel, und legte sich in die Kurven.

Sie passierten die Baumbank, die Halle, die Scheune. Bald darauf lag der Feldweg vor ihnen, der zwischen zwei Weiden hindurchführte und dessen Ende irgendwo hinter der weißen Nebelwand lag.

»Du bist so still, Lisi.«

»Nee, Quatsch. Alles gut.«

»Du kannst mir eh nichts verheimlichen«, sagte Mira jetzt. »Also raus mit der Sprache.«

Lisann schüttelte widerstrebend den Kopf. »Ach Mann, ich will dir aber die Stimmung nicht versauen. Du bist heute so gut drauf.«

»Blödsinn«, protestierte Mira. »Erzähl schon.«

Lisi gab sich einen Ruck. »Ich muss im Kopf immer durchzählen, wie viele Male ich die alltäglichen Dinge mit Monsoon noch machen kann.«

»Wie meinst du das?«

»Na ja, dreimal zur Weide bringen zum Beispiel. Dreimal noch seine Box ausmisten. Dreimal noch reiten … Dann sind die Ferien vorbei. Danach ist Schluss! Für immer.«

»Nein! Bestimmt nicht für immer, Lisilein.« Mira schlang von hinten die Arme um ihre beste Freundin und drückte sie fest. »Die Bigsbys sind nette Leute. Du kannst Monsoon sicher jederzeit besuchen.«

»Will ich gar nicht«, sagte Lisann trotzig.

»Echt nicht?«, fragte Mira.

»Doch. Natürlich will ich«, antwortete Lisann etwas sanfter. Sie legte sich auf Monsoons Hals und vergrub die Finger in seiner Mähne. »Aber es wird furchtbar wehtun. Zu sehen, wie Sofia auf ihm reitet …«

»Kannst du sie denn überhaupt nicht ausstehen?«, wollte Mira wissen.

Lisann richtete sich wieder auf. »Das ist ja das Verrückte. Hättest du mich vorgestern gefragt, wäre meine Antwort

Nein gewesen. Gestern bei der Ruine aber war sie total nett. Ich muss zugeben, es war leichter, als ich Sofia nicht mochte. Da konnte ich einfach alles, was sie tut und sagt, scheiße finden. Jetzt ist alles nur noch komplizierter, verstehst du das?«

»Ich glaube schon«, nickte Mira. »Und Sugar? Sie hat dir doch ganz gut gefallen.« Ihre Worte kamen vorsichtig. »Ich weiß, du sagst, Monsoon ist für dich unersetzbar. Aber vielleicht kannst du dir nur noch nicht vorstellen, dass auch ein anderes Pferd gut zu dir passen kann.«

Lisann schüttelte langsam, aber lange den Kopf. Statt einer Antwort drehte sie ihren Kopf nach hinten. »Ich zeig's dir. Gut festhalten, Mira.«

»Was? Was hast du vor?«

Zwei knappe Küsschen-Geräusche reichten aus, damit Monsoon verstand. Aus dem Schritt heraus galoppierte er an – nicht schnell, sondern in einem gleichmäßigen und wundervoll weichen Dreitakt, der seine Mähne bloß aufwippen ließ.

Mira verschlug es zu Anfang die Sprache. Dann aber jauchzte sie vor Freude. »Lisann Maiwald! Du bist ja vollkommen verrückt. Wir haben keinen Sattel. Keine Trense. Nicht mal Reitkappen.«

»Vergiss diesen ganzen Schnickschnack. Auf Monsoon brauchst du nichts davon. Nur den Wind in deinem Gesicht. Verstehst du nicht?«

Sie galoppierten an dem Einzelstall vorbei, wo Frosti, Kobold und Welli ruckartig die Köpfe hoben. Ein schrilles Wiehern hallte durch die Luft.

»Das war Frosti«, freute sich Mira und winkte ihm zu.

»Anhalten?«, fragte Lisi nach hinten.

»Nein. Schneller«, forderte Mira abenteuerlustig.

Lisann griff ein dickes Bündel Mähne und Mira schlang die Arme fester um ihre Mitte.

»Los, Monsoon! Zeig, was du kannst. Lauf!«

Der Wallach stemmte sich mit donnernden Hinterläufen vom Boden ab und erhöhte mühelos die Geschwindigkeit. Um sie herum war nur noch weißer Nebel zu sehen und ein kleines Stück des Weges, der im Nichts zu enden schien.

Lisann hatte das Gefühl zu träumen – so unwirklich war die Umgebung.

»Juhuu, wir fliegen, Lisi!«, rief Mira außer sich vor Freude. »Ich verstehe dich jetzt. Monsoon ist einfach fantastisch.«

Der Galopp trug sie bis an den Rand des Waldes, wo Lisi durchparierte. Nur widerwillig kehrten die Freundinnen um und brachten Monsoon auf die Weide. Arm in Arm liefen sie zum Stall zurück, wo alle Boxen offen standen. Elias hatte die Pferde anscheinend alleine hinausgetrieben.

»Ihr zwei seid mir ja eine schöne Hilfe. Wo wart ihr denn so lange?«, fragte er.

»Die Landschaft genießen«, antwortete Mira keck und schnappte sich eine Mistgabel.

»Und warum habt ihr so zerzauste Haare?«

Lisann sah grinsend zu Mira, dann zu Elias. »Es war wirklich furchtbar windig auf der Weide.«

»Und wie!«, bekräftigte Mira.

Elias schüttelte den Kopf und machte sich wieder an die Arbeit.

Als endlich die letzte Box mit frischem Stroh gefüllt war, strich sich Lisann mit dem Unterarm über die Stirn. »Boah, das machst du jeden Tag? Ich bin fix und fertig.«

»Dito. Bin voll im Eimer«, sagte Mira und lehnte sich gegen eine Boxentür.

»Ihr Weicheier ...«, feixte Elias.

Ein Piepsen aus seiner Jackentasche ließ die drei aufhorchen.

»Das ist Sofia«, sagte er mit Blick auf sein Handy. »Sie schreibt: Wann kommt ihr zur Buckskin Ranch? Hier wartet eine Überraschung.«

»Was könnte sie damit meinen?«, fragte Mira und rückte dicht an Elias' Seite, um ebenso auf das Display zu sehen.

In diesem Moment piepte es erneut.

Lisann stellte sich auf Elias' andere Seite. Ein Foto erschien vor ihren Augen. Es zeigte Sofias Gesicht in Nahaufnahme. Sie blickte nach links, wo ein schwarzes Kuhgesicht in die Kamera guckte.

»Wie süüüüüß«, stieß Mira aus.

Ein drittes Mal hörten sie es piepsen.

»Die Rinder sind da. Fast fünfzig Stück. Alle gesund und munter«, las Elias vor und sah dann auf. »Die Rinder! Ich hatte sie beinahe vergessen.«

»Und was jetzt?«, fragte Mira.

Elias' Augen strahlten. »Kommt, wir lassen alles stehen und liegen und fahren zur Ranch.«

»Und dein Vater?«, warf Lisi ein. »Wenn der die Schubkarre im Stall findet ...«

»... räumt er sie hoffentlich selber weg«, ergänzte Elias und zwinkerte.

»Dann los«, forderte Mira.

Alle drei rannten durch den noch immer dichten Nebel zum Traktor und machten sich schnell davon, bevor jemand sie aufhalten konnte.

Das laute Rattern des Traktors kündigte wie immer ihr Kommen an.

»Na endlich!«, rief Sofia freudig und kam ihnen winkend auf dem Hof entgegengelaufen. Sie war sichtlich aufgeregt. »Ich warte schon den ganzen Morgen auf euch.«

Nacheinander sprangen sie von ihrem Gefährt.

»Kommt gleich mit. Nick hat schon die Pferde geholt. Heute lernt ihr echte Cowboy-Arbeit.«

Sie eilten in den Stall, wo eine aufgebrachte Stimme aus der Sattelkammer hallte. »Das habe ich dir doch schon hundertmal gesagt, Bursche. Alles abschließen. Jeden Schrank, jede Tür, jedes Tor.«

»O-oh«, flüsterte Sofia. »Mein Opa schimpft mal wieder mit Nick. Die beiden sind echt wie Feuer und Wasser. Und das, obwohl er schon viele Jahre für meinen Großvater arbeitet. Sie streiten eigentlich immer.«

»Chef, das kann doch mal passieren«, gab Nick zur Antwort.

»Ja, wenn du willst, dass sich der Einbruch von damals wiederholt!«

»Bin jetzt etwa ich daran schuld?«

»Wenn mich mal der Schlag trifft, dann bist du schuld. Deine Nachlässigkeit bringt mich noch ins Grab.«

»Sind Sie jetzt fertig, Chef? Ich hab hier zu tun.«

»Ah, auf so eine Antwort habe ich nur gewartet …«

Mit diesen Worten trat Sofias Großvater aus der Sattelkammer. Sein Gehstock pochte bei jedem Schritt wütend auf den Boden. Er schüttelte den Kopf. »Dieser Kerl … rausschmeißen sollte ich ihn …«, murmelte er vor sich hin.

»Das sagst du schon seit Jahren, Opa.« Sofia strahlte ihn an.

»Ach, hallo ihr drei. Wollt ihr ausreiten?«

»Nee, viel besser … Kühe treiben!«

»Na dann: Hals- und Beinbruch, ihr Rancher. Ich trinke jetzt erst mal einen Kaffee.«

Sie betraten die Sattelkammer, wo Nick mit rotem Kopf einen Haufen Führstricke entknotete.

»Na? Streitet ihr mal wieder?«, begrüßte ihn Sofia.

»Das hält deinen Großvater anscheinend fit«, gab dieser wütend zur Antwort. »Ich sollte mir einen neuen Job suchen.«

»Das sagst du schon seit Jahren, Nick.«

»Irgendwann tue ich es.« Er klang entschlossen. »Eure Pferde stehen übrigens am Putzplatz. Sauber sind sie auch schon.«

»Danke, Nick.«

Lisann griff als Letzte nach ihrem Sattel. Dabei beobachtete sie den Stallburschen noch einen Moment, wie er seine verknoteten Stricke zu entwirren versuchte. Ihr war plötzlich, als hätte sie ein Déjà-vu.

»Kommst du?«, fragte Mira.

Lisanns Blick ruckte hoch. »Ja, schon auf dem Weg.«

Das Satteln dauerte keine zehn Minuten. Dann führten sie ihre Pferde an den Split Reins über den Hof. Dabei wurde das Muhen der Rinder immer lauter, je näher sie der großen Weide kamen. Die schwarzen Tiere standen verstreut am nebelblassen Waldrand und grasten friedlich. Der Anblick war wunderschön, wie Lisi fand.

»Ob die schon wissen, dass sie gleich die Stars sein werden?«, fragte Elias in Miras Richtung.

»Stars? Wohl eher Versuchskaninchen«, sagte Mira und guckte skeptisch. »Ich habe nämlich keinen Plan, was zu tun ist.«

»Die haben ja alle Hörner. Verletzen die uns nicht damit?«, fragte Lisi.

Sofia, die mit zwei Verkehrshütchen in der Hand ganz vorne ging, drehte sich vor dem Weidegatter um. »Keine Angst. Ich erkläre euch erst mal die Grundregeln. Macht mal einen Halbkreis.«

Lisi stellte sich mit Sugar zwischen Mira und Elias, die Timber und Cody hielten. Sie sah Sofia den Sandboden mit ihren Boots glatt trampeln. Dann nahm sie einen Stock und zeichnete ein Oval auf den Boden.

»Das ist unsere Kuhherde. Hat jemand eine Idee, wie man die am besten vorwärtstreibt?« Sie malte einen Pfeil vor das Oval. Die Spitze zeigte zu ihr.

Elias sprach als Erster. »Also, mein Vater würde wahrscheinlich mit einer Flüstertüte hinter ihnen herreiten und brüllen: Abteilung im Arbeitstempo Trab, marsch!«

Lisann und Mira mussten prustend lachen.

»Ruhe bitte unter den Reitschülern«, sagte Sofia mit einem Oberlehrerblick und hob den Zeigefinger. »Falsche Antwort, Elias. Mira, eine Idee?«

»Hm … Einfach laut rufen und mit irgendwas rumwedeln. Das würde ich jedenfalls machen.«

»Da kannst du lange brüllen. Das beeindruckt die Kühe wenig und stresst sie nur unnötig, was wir unbedingt vermeiden wollen. Viel sinnvoller ist etwas anderes. Nämlich das …« Sie nahm wieder ihren Stock zu Hilfe und zeichnete zwei lange Pfeile rechts und links neben die Herde. Die Spitzen zeigten nun zu Mira, Elias und Lisann. »Zwei Treiber reiten eng an den Seiten der Herde entlang, und zwar in entgegengesetzter Richtung. Das schickt die Rinder vorwärts. Zusätzlich schiebt einer quasi von hinten an, indem er in einer Rechts-Links-Bewegung reitet. Kapiert?«

»Und das funktioniert?«, fragte Elias skeptisch.

»*Of course.* Auf diese Weise kannst du mit nur drei Reitern eine echt große Herde treiben. Ihr werdet es gleich sehen. Kommt mit.«

Lisann klopfte das Herz bis zum Hals, als sie Sugar auf die Weide führte und aufstieg. Die Stute würdigte die Kühe keines Blickes.

»Wartet hier«, forderte Sofia und trabte auf Silver ans andere Ende der Weide. Mit großem Abstand voneinander platzierte sie die beiden Hütchen und kam zurückgetrabt. »So, jetzt kann's losgehen. Mira, Elias, ihr reitet an die Seiten. Lisann und ich bleiben hinten. Wenn jemand Hilfe braucht, muss er rufen, okay?«

Sofia wartete ein Nicken ihrer Reitschüler ab. »Gut. Versucht zuerst, sie etwas enger zusammenzutreiben. Und dann bringen wir sie durch die Hütchen.«

Lisann ritt neben Sofia ans Ende der Herde. Sie musste nicht viel tun, damit die Kühe verstanden. Gemächlich trotteten sie vor Sugar und Silver her.

Ab und zu schlug Sofia sich mit der flachen Hand auf die Lederchaps oder rief ein *Come on, girls*. Das reichte aus, um den ein oder anderen Faulpelz anzutreiben.

Mira und Elias trabten übereifrig an den Rändern der Herde auf und ab, wie Sofia es ihnen gezeigt hatte. Doch so viel Mühe sie sich auch gaben, der erste Versuch ging in die Hose. Elias trieb zu viel, Mira zu wenig. Irgendwann kam die Herde ihr immer näher.

Mit einem entsetzen Gesicht rief sie: »Ahh, stopp. Sie kommen direkt auf mich zu.« Mit einer Hand wendete sie Timber und galoppierte davon.

»Nicht die Seite öffnen. Bleib auf deinem Platz«, rief Sofia, um die Lage noch zu retten. »Elias, nicht so viel treiben. Weniger Druck.«

Es war zu spät. Die Rinder trampelten die Hütchen nieder und zerstreuten sich in alle Richtungen.

Auf Sofias Winken versammelten sich alle in der Mitte der Weide. »Okay, das war wohl nix. Wir ändern mal die Positionen. Mira, du tauschst mit Lisann und kommst mit mir nach hinten. Und beim zweiten Versuch: Etwas ruhiger, meine lieben Reitschüler.«

Sie probierten es noch ein weiteres Mal. Und danach noch mal und noch mal. Alle waren vom Ehrgeiz gepackt.

Es dauerte nicht lang, da stand Lisi der Schweiß auf der Stirn, doch sie gönnte weder sich noch Sugar eine Pause. Die Stute schien unermüdlich. Sie wusste genau, was zu tun war. Und das half Lisi, schlussendlich alles richtig zu machen.

Als die Herde zum ersten Mal durch die Hütchen lief, rissen alle vier gleichzeitig die Hände hoch und jubelten.

»Geschafft! Geschafft!«, rief Mira glücklich und klopfte Timber übermütig den Hals. »Was für ein tolles Pferd du doch bist. Jetzt habe ich dich noch lieber.«

»Sie sind genau durch die Hütchen gelaufen.« Lisann formte mit den Händen eine Spitze. »Mitten durch die Mitte. Irre!«

Elias kam als Letzter angaloppiert. »Yeah, Mädels, ich bin so ein krasser Cowboy.«

Mira und Lisann verdrehten grinsend die Augen.

»Ihr wart echt spitze – alle drei«, sagte Sofia stolz und forderte ein High five von jedem Einzelnen. »Meine ersten deutschen Reitschüler.«

»Du bist aber auch eine ganz tolle Lehrerin.« Es platzte einfach aus Lisann heraus. Erst danach merkte sie, dass sie in der letzten Stunde zum ersten Mal alle Sorgen der vergangenen Tage vergessen hatte. Dabei wollte sie Sofia doch eigentlich gar nicht mögen.

Sofia sah sie lächelnd an. »Und du bist echt eine ziemlich gute Westernreiterin, Lisann.«

Kapitel zwölf

»Seht mal. Wer kommt denn da auf den Hof?« Elias zeigte zur Auffahrt.

Das Knallen und Knattern war unverkennbar. Noch bevor Lisann ihn sah, wusste sie: Es war der Bulli!

»Meine Eltern«, stieß Mira überrascht aus. »Was wollen die denn hier?«

»Finden wir es raus«, schlug Sofia vor.

Gemeinsam galoppierten sie zum Zaun.

Auch die Bigsbys hatten den Besuch bemerkt und traten jetzt aus dem Haus. Lisann sah erst ihre und dann Miras Eltern aus dem Bulli steigen. »Hey, ich dachte, ihr seid heute im Barfußpark«, rief sie allen zu.

Alice antwortete grinsend. »Es gibt nun mal Wichtigeres als das.«

»Willkommen auf der Buckskin Ranch«, sagte Rebecca.

Jack tippte sich zum Gruß an seinen Cowboyhut.

»Vielen Dank, dass wir vorbeikommen dürfen«, sagte Lenny und sah dann zu seiner Tochter. »Was für ein Anblick, Mira. Ich hab dich noch nie so reiten sehen.«

Jetzt traten Bernd und Anja auf den Zaun zu.

»Und das ist also Sugar«, sagte Lisis Vater.

»Ja, richtig. Das ist sie«, gab Rebecca statt Lisi zur Antwort und trat näher. »Sie ist unser bestes Schulpferd und sehr gut ausgebildet.«

»Hörten wir schon.« Anja lächelte und strich über Sugars Nüstern. »Sie sieht auch sehr lieb aus mit ihren großen dunklen Augen.«

»Lisann und sie werden langsam Freunde, glaube ich. Stimmt's?«, fragte Rebecca und sah zu ihr hoch.

Lisi nickte. »Sie ist ein ganz tolles Pferd!« Sie meinte tatsächlich, was sie sagte. Sugar schlich sich langsam, aber sicher in ihr Herz.

»Wollt ihr mal was richtig Tolles sehen?«, fragte Sofia. »Wir zeigen euch einen echten Cattle drive im Wyoming-Style.«

»Was?«, fragte Bernd und runzelte die Stirn. »Ich verstehe nur Bahnhof.«

»Lasst euch überraschen«, sagte Jack, der sich neben ihn stellte und ihm freundschaftlich die große Hand auf die Schulter legte, wo sie einen staubigen Abdruck auf dem dunklen Pullunder hinterließ.

»Lisann, stellst du die Hütchen so um, dass eure Eltern besser sehen können?«

»Klar, mach ich«, sagte sie und galoppierte einhändig ans Ende der Weide. Dort stieg sie von Sugar und sammelte beide Hütchen ein. Eine gepresst klingende Stimme aus Richtung des Stalls ließ sie aufhorchen und lenkte sie ab.

»Nein! Jetzt sofort. Dieses eine Mal hörst du auf mich, nicht andersherum.«

Es war Nick, der telefonierte. Er legte ohne Verabschiedung auf und ließ das Handy in seiner Hose verschwinden.

»Lisi, mach schon«, rief Mira von hinten.

Sofort schwang Lisann sich wieder auf Sugar und trabte mit den Hütchen an deren neue Plätze.

»Gleiche Aufteilung wie eben«, verlangte Sofia und sah jedem nacheinander ins Gesicht.

Alle nickten.

»Dann los!«

Dieses Mal klappte alles auf Anhieb. Mira und Sofia trieben die Rinder vorwärts, während Lisann und Elias die Herde zusammenhielten und neben ihnen auf und ab ritten. Gemeinsam lenkten sie sie in die richtige Richtung. Mühelos schafften sie es, die Tiere durchs Ziel zu treiben.

Ein lauter Jubel war ihr Preis.

Ohne es abzusprechen, stellten sie sich in einer Reihe auf und verbeugten sich vor ihren Eltern wie vor einer Jury bei einem Turnier.

Elias winkte – ebenso wie die anderen. Dennoch klang seine Stimme traurig, als er zu Lisann sagte: »Ich wünschte, mein Vater wäre auch hier.«

Eine gute Stunde blieben alle noch auf der Ranch.

Lisann wurde von ihren Eltern geradezu ausgefragt. Alles wollten sie über Sugar wissen. Ihr Interesse an Lisis Hobby war noch nie so groß gewesen.

Bei Mira und ihren Eltern war es sie selbst, die die ganze Zeit redete – natürlich über Timber.

»Und guckt mal. Hier unter dem Bauch hat er so einen süßen Fellfleck, der fast aussieht wie ein Herz. Ist das nicht niedlich?«

»Ja. Wie schon zehnmal gesagt. Timber ist ganz toll, Schatz.« Alice grinste belustigt.

»Bist du denn jetzt fertig und kannst ihn zur Weide bringen?«, wollte Lenny wissen.

»Nein, Papa!« Es klang fast ein wenig entrüstet. »Ich muss doch erst seine Hufe kontrollieren. Nicht auszudenken, wenn sich da ein Stein im Hufeisen verhakt hätte. Das gibt böse Druckstellen. Dann wäre er lahm und ich könnte morgen gar nicht auf ihm reiten.« Mira riss beim bloßen Gedanken daran die Augen auf. »Aber sowieso werde ich bald nicht mehr auf ihm reiten können. Ich darf gar nicht an das Ende der Ferien denken.«

»Wir kommen ja wieder«, besänftigte ihr Vater sie.

»Aber gleich im Winter, ja?«

»Ist das dein Ernst?«, fragte Lenny nach. »Willst du etwa nicht mehr nach Thailand an den Strand?«

Mira schüttelte den Kopf, dass ihre Locken flogen. »Mein voller Ernst! Vergesst den Strand. Ich will keine anderen Ferien mehr machen.«

»Na ja, darüber reden wir noch mal in Ruhe.« Alice nahm ihre Tochter in die Arme. »Wir gehen noch kurz zu den Bigsbys rein. Ihr fahrt dann gleich mit dem Traktor nach Hause, ja?«

»Klaro.«

♥

Sie waren gerade auf den Falbenhof gerollt, als Herr Brandt ihnen schon entgegenstampfte. Sein Gesicht war rot vor Zorn.

»Das sieht nicht gut aus«, prophezeite Mira.

»Nee, allerdings …«, stimmte ihr Elias zu. »Hab ich schon erwartet.«

»Elias Noel Brandt, wo bist du gewesen?«, fragte sein Vater wütend, während der Traktor stotternd zum Stehen kam.

Elias sprang von seinem Sitz und half dann Mira und Lisann herunter. Erst danach baute er sich breitbeinig vor seinem Vater auf, das Kinn provokant nach vorn gereckt.

»Gib mir gefälligst eine Antwort«, forderte Herr Brandt.

Lisi stand mit Mira hinter Elias. Er kam ihr plötzlich noch viel größer vor.

»Ich war auf der Buckskin Ranch, wie du dir denken kannst«, antwortete er.

»Pah, Cowboy-Spielen also. Und das auch noch, ohne dich bei mir abzumelden.«

Elias kniff die Augen zusammen. »Bin ich neuerdings ein Gefangener?«

Herr Brandt hob den Zeigefinger. »Hüte deine Zunge, Sohn. Du bist mein Auszubildender. Meinst du etwa, wenn du auf einem anderen Hof deine Lehre machen würdest, könntest du dich in der Arbeitszeit einfach aus dem Staub machen?«

»Wie du wieder übertreibst«, erwiderte Elias. »In Wahrheit kannst du mir einfach diese eine Woche auf der Ranch nicht gönnen, weil du das Westernreiten so sehr verachtest.«

»Vielleicht könnte ich sie dir gönnen, wenn du deine Arbeit hier ordentlich machen würdest. Eine volle Schubkarre stand in der Boxengasse. Weißt du nicht, dass das eine große Verletzungsgefahr ist? Und eine Schlamperei dazu. So was dulde ich nicht auf meinem Hof.«

»Genauso wenig duldest du, dass ich Großvaters Begeisterung fürs Westernreiten teile. Aber soll ich dir was sagen? Ich liebe es! Und ich will mich nicht zwischen zwei Reitweisen entscheiden. Und ich werde es weiter machen. Ob es dir gefällt oder nicht.«

Herr Brandt sah aus, als stünde er kurz vor dem Platzen. Seine Stimme zitterte vor Wut. »Her mit dem Traktorschlüssel.« Mit einer schnellen Bewegung riss er den klirrenden Schlüsselbund aus Elias' Hand.

»Aber …«

Herr Brandt unterbrach ihn. »Du wirst während deiner acht Stunden Arbeitszeit gefälligst tun, was ich dir sage! Ansonsten lasse ich dich durch die Lehre fallen. Hast du das kapiert?«

Elias machte einen Schritt auf seinen Vater zu, bis nur noch eine Handbreit sie trennte. »Ich werde auch morgen wieder zur Ranch fahren! Diese einmalige Chance nimmst du mir nicht weg. Wenn du mich daran hinderst, werde ich die Lehre hinschmeißen.« Elias stürmte an seinem Vater vorbei.

»Komm sofort zurück!«, grollte der Reitstallbesitzer.

»Keine Zeit«, spie Elias aus, ohne sich umzudrehen. »Ich muss Gismo bewegen.«

Herr Brandt sah ihm ein paar Sekunden schwer atmend nach. Dann stampfte er zurück zum Haupthaus und schimpfte vor sich hin. »… genauso stur wie sein Großvater. Womit habe ich das verdient?«

Lisi und Mira standen eine Weile wie erstarrt neben dem Traktor.

»Wow, das nenne ich mal einen handfesten Streit. Ich dachte immer, ich hätte manchmal Probleme mit meinen Eltern.« Sie sah zu Mira, die noch immer Elias hinterherstarrte. Lisann schnipste vor ihren Augen.

»O mein Gott. Er ist so taff, so mutig, so cool!« Jetzt erst sah Mira auch zu Lisann. »Ich bin so verknallt, dass es fast wehtut.«

Lisi riss die Augen auf. Dann hakte sie sich bei Mira unter und zog sie mit sich. »Meine Güte, diese Reiturlaube haben meine beste Freundin in einen Pferde-Elias-Zombie verwandelt. Komm, wir sehen mal nach Monsoon. Ein kleiner Spaziergang wird uns guttun.«

Kapitel dreizehn

Monsoon kam sofort zum Gatter getrabt und ließ gerne zu, dass Mira ihn unterm Schopf und unter der Mähne kraulte.

Lisann kletterte vom Zaun auf Monsoons Rücken. Hier legte sie sich rücklings auf ihn und sah in den diesigen Herbsthimmel. Sein gleichmäßiger Atem wiegte sie sanft auf und ab, während seine Wärme auf sie übergriff.

»Ja, das magst du, oder?« Mira schubberte ihm kräftig das Fell und lächelte dabei.

»Ganz eindeutig«, antwortete Lisann und strich ihm mit beiden Händen über die Flanken. »Was meinst du, Monsoon. Wollen wir gleich noch eine Runde im Wald drehen?«

»So spät noch? Es gibt doch bald Abendessen«, gab Mira zu bedenken.

Bitter stieß Lisann aus: »Essen hin oder her. Ich muss jede Gelegenheit nutzen, Zeit mit Monsoon zu verbringen. Da kann ich nicht wählerisch sein. Du weißt doch: Nur noch zwei gemeinsame Tage …!«

»Stimmt«, gab Mira mit traurigem Gesicht zurück.

Plötzlich zuckten blaue Lichter durch die einsetzende Dämmerung.

»Was ist das?« Lisi setzte sich auf.

»Da!« Mira zeigte zum Falbenhof. »Es kommt vom Stall. Ist das etwa ein Polizeiwagen?«

Beide sahen sich erschrocken an. Lisann sprang von Monsoons Rücken und kletterte über das Gatter. Ohne ein weiteres Wort rannten sie den Feldweg hinab.

Auf dem Hof herrschte Trubel. Alle Reitschüler liefen umher und tuschelten. Zwei Polizeiwagen mit Blaulicht standen mit geöffneten Türen auf dem Kies. Alexej wurde von einem Beamten befragt, Herr Brandt von einem anderen.

»Dort ist Elias«, stieß Mira aus.

Im selben Moment wandte er den Blick zu ihnen und hastete auf sie zu. »Gismo ist weg!«

»Was? O mein Gott.« Lisann schlug sich erschrocken die Hand vor den Mund.

»Ich wollte ihn vorhin zum Reiten von der Weide holen. Aber er war einfach weg!«

»Meinst du, er wurde geklaut?«, fragte Mira und riss die Augen auf.

Ratlos zuckte er die Schultern. »Wissen tue ich gar nichts, aber dass hier zwei Streifenwagen stehen, kann nichts Gutes heißen. Die Polizei sagte, sie werden alle nacheinander befragen, und zurzeit sprechen sie mit meinem Dad und Alexej. Ich bin eben schon den ganzen Zaun abgelaufen. Es ist nichts kaputt.«

»Vielleicht ist er drübergesprungen und weggelaufen?«, mutmaßte Mira.

»Kann auch sein, aber mein Bauchgefühl sagt was anderes. Ich würde am liebsten sofort in der Umgebung nach ihm suchen, aber ich soll bleiben, bis sie meine Aussage aufgenommen haben.« Er nahm sein Cap ab und strich sich durch die Haare. »Armer Gismo ... wo kann er nur sein?« Seine Stimme klang unendlich besorgt.

Mira ging auf Elias zu und schloss ihn fest in die Arme. »Sie finden ihn bestimmt bald.«

Auch Elias umarmte Mira jetzt. »Danke!«

Lisanns und Miras Eltern kamen aus dem Ferienhaus auf sie zu.

»Ach, ist das alles furchtbar. Wer tut nur so etwas?«, fragte Anja mit Sorgenfalten im Gesicht.

Bernd ergänzte: »Ich verstehe zwar nichts von Pferden, aber sollte man sie nicht sicherheitshalber alle von der Weide in den Stall bringen?«

Elias löste sich aus Miras Umarmung. »Ja, das wäre wirklich das Beste. Falls mich einer sucht, ich hole schon mal die ersten rein.«

»Wir helfen dir«, sagte Lisann.

Elias nickte. »Sehr gut, dann geht es schneller.«

Sie wollten sich gerade aufmachen, als die zwei Polizisten auf sie zuhielten. Lisann erkannte im Augenwinkel, dass es dieselben waren, die vor ein paar Tagen mit Sofia und ihrer Familie zum Falbenhof gekommen waren.

»So, jetzt würden wir uns gerne mit dir unterhalten, Elias. Wir haben da ein paar Fragen an dich«, sagte die Polizistin.

Ihr Kollege wandte sich an Miras und Lisis Eltern. »Auch ihre Töchter könnten uns womöglich bei dem Ermittlungen helfen. Ich würde sie deshalb gerne bitten, ebenfalls mitzukommen. Selbstverständlich dürfen Sie dabei sein, wenn wir die Kinder befragen.«

Mira und Lisann sahen sich verwundert an.

Wenig später saßen alle in der Bauernküche des Haupthauses. Auch Herr Brandt war hinzugekommen.

»So, dann wollen wir mal«, sagte der Beamte zu Elias. »Du weißt, dass in den letzten Wochen mehrere Pferde in der Umgebung verschwunden sind, oder?«

»Klar. Hab ich mitbekommen.«

»Wie wir mittlerweile wissen, hat die Diebstahlserie auf der Buckskin Ranch vor über drei Monaten angefangen, als der Wallach Montano verschwand, den wir hier auf dem Falbenhof kürzlich vorfanden.«

»Okay. Und wie kann ich da helfen?«, fragte Elias skeptisch.

»Nach Aussage deines Vaters kam Montano damals durch dich hierher. Stimmt das?«

»Ja. Ich habe ihn auf einer Weide entdeckt und der Händler bot ihn mir zum Kauf an. Also brachte er ihn zum Falbenhof und mein Vater kaufte ihn. Eigentlich hätte ich ihn gern selbst behalten, aber es kam anders.«

Der Polizist nickte und sah kurz in die Gesichter von Lisann und ihren Eltern. »Darüber haben wir ja inzwischen Kenntnis.«

»Was hat das alles mit Gismo zu tun?«, wollte Elias jetzt wissen.

»Nun, uns ist etwas aufgefallen. Ein Zusammenhang, der uns aufhorchen lässt. Du stehst nämlich in direkter Verbindung mit beiden Pferden. Montano war eines deiner Reitpferde und Gismo ist es ebenfalls, oder?«

Elias schluckte sichtbar. »Bin ich jetzt etwa deswegen verdächtig?«

»Was wollt ihr damit sagen?«, fragte Herr Brandt hörbar aufgebracht. »Dass mein Sohn etwas mit den Diebstählen zu tun hat?«

»Beruhig dich bitte, Christian«, sagte die Beamtin beschwichtigend und hob die Hände. »Wir ermitteln in jede Richtung. Alle, die irgendwie mit den verschwundenen Pferden in Kontakt waren, werden von uns befragt. Und Elias ist gerade ein besonders wichtiger Zeuge, um es mal vorsichtig zu sagen.«

»Tut mir leid. Ich kann Ihnen nichts über Gismos Verschwinden sagen, was Sie nicht schon wissen«, versicherte Elias mit fester Stimme.

Jetzt wandte die Polizistin sich Mira und Lisann zu. »Also, auch ihr hattet mit beiden verschwundenen Pferden Kontakt. Was habt ihr uns zu erzählen? Jedes Detail kann uns weiterhelfen.«

Lisanns Hals war wie zugeschnürt. Sollte sie die Wahrheit sagen? Bislang dachten alle Erwachsenen, es sei ein verrückter Zufall gewesen, dass sie beim Ausritt auf Sofia Bigsby getroffen waren. Sie sah zu ihren Eltern. Dabei bemerkte sie, dass Mira ebenfalls zu Lenny und Alice sah. Es stand außer Frage, welche Eltern cooler damit umgehen würden, wenn sie erfuhren, dass Lisann, Mira und Elias tatsächlich auf eigene Faust Recherchen über Monsoons Vergangenheit angestellt hatten.

Mira fragte Lisann und Elias wortlos um Erlaubnis. Als niemand mit dem Kopf schüttelte, bereitete sie dem Schweigen ein Ende. »Wir haben tatsächlich was zu erzählen.«

Anja griff nach dem Arm ihres Mannes und drückte ihn. Lisi sah die Geste. So reagierte sie immer, wenn herauskam, dass ihre Tochter etwas angestellt hatte.

»Ja?«, der Polizist nickte. »Dann schieß mal los.«

Elias stand auf. »Ich hole die Fotos.« Er verließ die Küche. Kurz darauf hörte man, wie er schnell die Stufen ins obere Stockwerk nahm.

Mira atmete tief durch. »Alles fing damit an, dass Lisann uns erzählte, dass dieser komische Pferdehändler plötzlich nicht mehr zu erreichen war. Ihre Eltern wollten ihm ein paar Fragen zum Equidenpass stellen, aber er war verschwunden.«

»Ist das wahr?«, fragte der Polizist Anja und Bernd, die daraufhin nickten.

Mira sagte: »Da sind wir neugierig geworden und haben uns auf die Suche nach Hinweisen gemacht.« Sie zuckte die Schultern. »Dabei haben wir tatsächlich was gefunden.«

Elias kam jetzt lautstark die alten Holzstufen wieder hinunter. Er lief zum Tisch und verteilte die Fotos darauf. Mit dem Zeigefinger tippte er auf das Bild mit der Weide. »Hier bin ich Monsoon und dem Händler zum ersten Mal begegnet. Lisann, Mira und ich sind hingeritten, um den Mann dort zu finden. Die Weide war verlassen, aber in der Hütte haben wir weitere Spuren entdeckt, denen wir gefolgt sind.«

»Das ist doch Hausfriedensbruch, oder?«, wollte Bernd wissen.

Anja nahm so hastig einen großen Schluck Wasser, dass sie sich daran verschluckte.

Die Polizistin klopfte ihr auf den Rücken. »Was habt ihr in der Hütte gefunden?«

Mira erklärte: »Da war eine mit Kreide gemalte Karte. Wir dachten, die Spur führt uns vielleicht zu dem Händler. Aber dann trafen wir stattdessen auf die Bigsbys und die Ranch. Und dann ging irgendwie alles drunter und drüber.«

Die Polizistin, die noch immer die Fotos inspizierte, guckte sie nun streng an. »Warum habt ihr das alles nicht schon viel früher erzählt?«

Elias zuckte die Schultern. »Nachdem wir Sofia getroffen hatten, kam die Wahrheit doch sowieso raus. Der Händler war offenbar ein Dieb und hatte Monsoon geklaut.«

»Und was ist mit dem Pferd vom Hof Caspari? Baron? Kam euch nicht in den Sinn, dass das zusammenhängen könnte?«

Elias runzelte die Stirn. »Baron war doch am selben Tag schon wieder da. Mein Vater sagte, der durchgetrennte Zaun müsse ein dummer Streich gewesen sein.«

»Nun, da spricht jetzt einiges dagegen«, sagte die Beamtin und hob eines der Fotos hoch. »Das Pferd auf diesem Bild ist Baron, wie der Brand auf der Flanke beweist. Der Diebstahl war also bereits geplant und ist nur geplatzt.«

Der Polizist nahm ein besonders stark beschädigtes Bild zur Hand, auf dem man nur vier lange schwarze Pferdebeine sah. »Und ich vermute, das ist Gismo.«

Diese Erkenntnis erschreckte alle in der Küche. Einen Moment lang herrschte Schweigen.

Herr Brandt sagte fassungslos: »Dann müssen wir jetzt davon ausgehen, dass auch Gismo gestohlen wurde.«

»Leider ja, Christian. Das müssen wir annehmen, nach derzeitigem Erkenntnisstand.«

»Dann wird es höchste Zeit, dass ich den Besitzer anrufe. Das Pferd haben wir nämlich nur in Beritt.« Herr Brandt stand auf. »Entschuldigt mich.«

»Sicher, geh nur«, antwortete der Polizist. Dann sah er Elias, Mira und Lisann ernst an. Er legte seine flache Hand auf den Bilderhaufen. »Dass eines ganz klar ist: Es war dumm und gefährlich, was ihr da gemacht habt. Zum Glück ist euch nichts passiert. Nehmt euch in Acht, bis die Diebe geschnappt sind.«

»Die Diebe?«, fragte Lisann. »Sie meinen den Dieb.«

»Nein. Es müssen mehrere sein. Alles deutet darauf hin. Die Fotos sind sicher von einem Gehilfen gemacht worden. Vielleicht von jemandem, der die Höfe vorher observiert hat.«

»Obser… was?«

»Das heißt beobachten. Einer guckt sich bestimmte Pferde aus, fotografiert sie und ihre Umgebung und gibt einem zweiten Komplizen die nötigen Informationen weiter. Aber damit müsst ihr euch jetzt nicht mehr beschäftigen.«

»Haben wir euer Versprechen, dass ihr euch raushaltet?«, wollte die Polizistin wissen.

Alle drei nickten.

Die Beamten standen auf. »Wenn euch noch mal etwas Merkwürdiges auffällt, lasst es uns sofort wissen.« Danach verließen sie in Begleitung aller das Haupthaus und brausten mit ihrem Streifenwagen davon.

Lisann sah in die strengen Gesichter ihrer Eltern, die in der nächtlichen Dunkelheit noch furchteinflößender wirkten.

»Soso, Privatlehrer …?«, sagte Bernd zu seiner Tochter. »Deshalb wolltet ihr also mit Elias allein unterwegs sein. Ich bin sehr enttäuscht von dir, junge Dame.«

Selbst Lenny, der eigentlich nie schimpfte, fragte Mira kopfschüttelnd: »Was habt ihr euch dabei nur gedacht? Einfach auf eigene Faust dem Dieb hinterherzuschnüffeln.«

»Wir wussten doch nicht, dass er ein Dieb ist. Wir dachten, der Typ ist nur ein schmieriger Pferdehändler.«

Anja zog sich die Strickjacke enger um den Körper. »Ihr kommt jetzt erst mal mit rein ins Ferienhaus.«

»Aber die Pferde müssen doch in den Stall, damit sie in Sicherheit sind«, protestierte Lisann.

»Dafür gibt es hier Mitarbeiter auf dem Hof.« Ihre Mutter warf Elias einen vorwurfsvollen Blick zu. Es war nur allzu klar, dass sie der Meinung war, dass er ihre Tochter in Gefahr gebracht hatte.

»Du hattest versprochen, gut auf meine Tochter aufzupassen, wenn ihr auf den Pferden unterwegs seid«, grollte Bernd nun in Elias Richtung.

»Es tut mir leid, Herr Maiwald«, sagte Elias.

»Bitte, Papa. Er hat nichts falsch gemacht«, sagte Lisann, um ihn zu verteidigen.

»Rein mit dir, aber schnell«, war Bernds Antwort.

Lisann spürte, dass jeder Widerstand zwecklos war. Wenn sie nicht die letzten Tage mit Monsoon aufs Spiel setzten wollte, sollte sie jetzt lieber die Klappe halten.

Es dauerte eine ganze Weile, bis jede einzelne Frage beantwortet war. Lisann kam sich beinahe vor, als säßen noch immer die beiden strengen Polizisten vor ihr und Mira, nicht ihre Eltern. Doch irgendwann, als es draußen schon dunkel und Alices Räucherstäbchen zur Hälfte niedergebrannt war, blieb nur noch eine letzte Frage übrig.

»Warum hast du dich uns denn nicht anvertraut, als du diese schlimmen Albträume hattest?«, wollte Anja von ihrer Tochter wissen. Lisann presste die Lippen zusammen und sah ihrer Mutter tief in die Augen. »Mama, ganz ehrlich. Was wäre dann wohl passiert?«

»Na, wir hätten uns darum gekümmert. Dir irgendwie geholfen«, antwortete ihr Vater schnell, als sei dies nur logisch.

»Also, ich glaube, ihr hättet von mir als Erstes verlangt, weniger Zeit mit Monsoon zu verbringen. Und dann hättet ihr behauptet, dass ich wohl zu spät ins Bett gehe. Und die nächste Maßnahme wäre gewesen, mir Fernsehen und Internet zu streichen und mich zu einer gesünderen Ernährung zu verdonnern …«

Ihre Mutter schnappte entrüstet nach Luft. »Sag mal, was redest du denn da? Das ist nicht wahr.«

»Anja …«, unterbrach Alice ihre beste Freundin. »Tut mir leid, aber ganz so unwahrscheinlich ist das nicht, was Lisann sagt.«

»Willst du mir jetzt etwa in den Rücken fallen?«

Alice lächelte lieb, wie es ihre Art war, und schüttelte den Kopf. »Nicht doch. Was ich meine, ist bloß, dass ihr nun mal seid, wie ihr seid. Sehr, sehr fürsorglich.«

»Das ist doch nichts Schlechtes!«, erwiderte Bernd entrüstet.

»Grundsätzlich nicht, aber ich kann schon verstehen, dass Lisi solche Sorgen eben zuerst mit Mira bespricht und nicht mit euch. Außerdem ist sie fast ein Teenager. Und Teenager haben nun mal Geheimnisse.«

Bernd und Anja sahen sich stumm an.

Alice, die zwischen ihnen saß, legte beiden die Hände auf die Knie. »So, und jetzt löchern wir die Kinder nicht weiter mit Fragen. Alles ist schließlich noch mal gut gegangen.«

Mira setzte sich aufrecht hin. Vorsichtig fragte sie: »Heißt das, wir dürfen morgen wieder zur Ranch?«

»Nein«, sagte Bernd sofort.

»Von mir aus«, sagte Lenny gleichzeitig.

»Was denn nun?«, fragte Mira.

»Lenny!« Bernd sah seinen Sandkastenfreund streng an. »Ein Dieb schleicht in der Gegend rum und du willst die Mädchen in den Wald lassen?«

Alice hob die Hände. »Kompromiss! Mira und Lisi dürfen morgen zur Ranch, aber sie werden von uns hingefahren und abgeholt. Und sie müssen auf dem Gelände der Ranch bleiben.« Jetzt sah sie zu Mira und Lisann. »Das heißt, nicht ausreiten, verstanden?«

Beide nickten.

»In Ordnung. Darauf kann ich mich einlassen«, antwortete Bernd.

Anja ergänzte: »Und ihr habt eure Handys immer in Griffnähe!«

Lisann nickte und klopfte auf ihre Hosentasche, wo sich etwas Eckiges abzeichnete. Ihre Mutter schien zufrieden.

Mira fiel augenscheinlich ein Stein vom Herzen. Sie schloss kurz die Augen und atmete laut aus.

»Gut, dass wir eine Lösung gefunden haben«, sagte Alice zufrieden. »Die nächsten Tage sollen ja auch noch schön werden.«

»Und übermorgen habe ich schließlich Geburtstag«, erinnerte Mira jetzt.

»Das ist richtig, mein Schatz. Gut, dass du das ansprichst. Wie willst du deinen Ehrentag verbringen? Hast du einen speziellen Wunsch?«, fragte Alice.

»O ja, den habe ich«, sagte Mira bestimmt. »Ich möchte ein Picknick auf der Buckskin Ranch machen – neben der Pferdeweide, damit Timber auch dabei sein kann. Könnt ihr die Bigsbys fragen, ob das geht?«

Lenny nickte zufrieden. »Klingt super. Jedenfalls viel besser als dein Wunsch aus dem letzten Jahr. Da wolltest du uns überreden, mit deinen Freundinnen ins Nagelstudio zu fahren.«

»Das wollte ich?« Sie verzog das Gesicht zu einer ungläubigen Grimasse.

»Kannst du dich daran etwa nicht mehr erinnern?«, fragte Lisann kopfschüttelnd. »Zum Glück habe ich dir diese Schnapsidee noch im letzten Moment ausreden können.«

»Vielleicht will ich mich gar nicht erinnern. Die Nagelstudio-Mira gibt es jedenfalls nicht mehr.«

Kapitel vierzehn

»Guten Morgen, Elias«, sagte Lisann, die als Erste durch die Stalltür schlüpfte.

»Hey, ihr zwei«, antwortete er nur knapp und fegte dann weiter die Boxengasse. Wie es aussah, war er mit dem Misten schon fertig. Der Duft von frischem Stroh hing in der Luft.

Herrn Brandts Befehle hallten dumpf aus der Halle zu ihnen rüber, wo er seinen Feriengästen eine Reitstunde gab. »Aus dem Zirkel wechseln, Lena, und dabei das Umsitzen bei X nicht vergessen.«

»Du bist aber echt früh dran heute«, bemerkte Lisann mit einem Blick um sich. Alle Pferde hatten zum Fressen ihre Köpfe in die Tröge gesenkt. Nur Monsoon sah kurz zu ihr auf, als er ihre Stimme hörte.

»Jetzt können wir dir ja gar nicht mehr helfen«, ergänzte Mira.

»Danke, aber ich bin schon seit fünf Uhr hellwach. Musste mir ja irgendwie die Zeit vertreiben.«

Mira fragte vorsichtig: »Der Streit mit deinem Dad oder die Sorge um Gismo?«

Er zuckte die Schultern und machte dabei ein verschlossenes Gesicht. »Beides.«

»Habt ihr euch gestern nicht mehr vertragen?«, fragte Lisi.

»Nö«, war seine knappe Antwort.

»Aber vor den Polizisten hat er dich doch verteidigt«, setzte Mira fragend nach.

»Ja, das stimmt.« Jetzt stützte er sich mit den Unterarmen auf den Besenstiel. »Und gleich danach, als ihr alle weg wart, hat er mich wissen lassen, dass das eine nichts mit dem anderen zu tun hat. Ich solle mir ja nicht einbilden, dass mein unerlaubter Ausflug zur Buckskin Ranch jetzt vergessen sei.« Missmutig fegte er weiter. »Zu allem Übel erwartet er heute die Berichtshefte, und ich soll vor dem Mittag die Theoriestunde der Reitschüler übernehmen, weil die Polizei noch mal mit ihm sprechen will.«

»Meinst du, sie haben vielleicht schon gute Nachrichten?«, wollte Mira wissen.

Elias schüttelte den Kopf. »Nur weitere Fragen wahrscheinlich.«

Lisann nickte. »Also fährst du heute nicht zur Buckskin Ranch?«

Seine Augen wurden plötzlich zu zwei kleinen Schlitzen. Seine Stimme bekam einen entschlossenen Unterton. »Ich werde auf jeden Fall zur Ranch fahren.«

»Aber der Traktorschlüssel …«

»Pah, dann nehme ich mein Fahrrad. Oder mein Skateboard. Oder ich laufe. Aber ich werde mir die Chance aufs Westernreiten nicht von meinem Dad nehmen lassen.«

Lisann bemerkte, wie Mira wieder diesen Blick bekam, als würde sie gleich schmelzen wie ein Eis in der Sonne. Bevor das geschah, sagte sie: »Du kannst auch mit uns fahren. Wir haben einen Deal mit unseren Eltern. Ranch, ja. Ausreiten, nein.«

Er nickte. »Klingt fair. Allerdings …« Er sah zu Lisann. »Ich bin mir nicht sicher, ob dein Vater nach dem Abend gestern besonders viel Lust hat, Taxi für mich zu spielen.«

»Keine Sorge«, sagte Mira. »Heute fahren meine Eltern. Und die haben früh am Morgen schon Yoga gemacht. Das beruhigt sie.«

Elias grinste. »Alles klar. Dann schreibe ich Sofia gleich eine Nachricht, dass wir später zur Ranch kommen. Und dann muss ich mich echt an mein dämliches Berichtsheft machen. Fütterungsbedingte Krankheiten, spezielle Diätetik, Futtermittelrecht …«, zählte er auf. »Wie ich diesen Theoriekram doch hasse!«

»Futtermittel? Also Pflanzen? Das ist doch mein Spezialgebiet«, warf Mira begeistert ein. »Schon vergessen? Alice und Lenny sind Landschaftsgärtner …«

»Richtig. Damals auf der Kräuterwiese hast du mich mit deinem Wissen total beeindruckt«, erinnerte sich Elias jetzt.

Mira wurde rot. »Ich könnte dir helfen, wenn du willst.«

»Ja, das wäre super. Und vor allem ist es zu zweit nicht so langweilig.«

Mira grinste unkontrolliert und knetete dabei ihre Hände auf dem Rücken. Plötzlich hielt sie inne und drehte sich zu Lisann um. »Was ist denn mit dir? Kommst du auch mit?«

»Nein, nein«, wehrte Lisann ab und hob die Hände. Nie hätte sie Mira ihre Zweisamkeit mit Elias versaut. »Macht ihr diesen lahmen Krempel ruhig ohne mich. Ich will lieber Zeit mit Monsoon verbringen, solange ich noch kann. Du weißt ja …«

Mira schaute traurig. »Verstehe … Soll ich vielleicht mitkommen? Mach ich natürlich sofort. Du musst es nur sagen.«

»Quatsch, ich gehe nur ein wenig mit Monsoon grasen. Wir sehen uns dann später, ihr zwei.«

♥

Monsoon trug nur ein Halfter, während er Lisann freiwillig folgte. Der Strick ruhte auf seinem Hals und das Ende baumelte hin und her.

In Lisis Ohren war bloß das Knirschen ihrer Schritte auf dem Kies. Es erschien ihr laut, weil der Hof ansonsten so still war. Die Luft war an diesem Tag klar und der Himmel blau.

Lisann und Monsoon schritten an den ersten Bäumen der Zufahrtsallee vorbei. Da sie den Hof nicht verlassen durfte, beschloss sie, bis zum Ende der Allee zu gehen – so weit weg wie eben möglich. Dort wollte sie mit Monsoon allein sein und ihn so lange ansehen, bis sie jedes einzelne Haar von ihm in ihrem Gedächtnis abgespeichert hatte.

Am Ziel angekommen, blieb sie stehen und drehte sich zu ihm um.

Monsoon sah sie an und blinzelte. In diesem Augenblick fiel das Sonnenlicht von der Seite auf ihn und seine langen schwarzen Wimpern und ließ seine Augen in einem warmen Braun erscheinen, das Lisi an Nutella erinnerte.

Sie machte einen Schritt auf ihn zu und legte ihre Wange an seine Nüstern. Er pustete sie daraus mit seinem warmen Atem an. Einmal, zweimal.

»Ja, ich weiß. Wir sind für immer Freunde«, sprach sie aus, was das in Pferdesprache bedeutete. Lisann schloss die Augen. Sie spürte, wie ihre Unterlippe zu zittern begann. Der Gedanke an den Abschied machte sie nicht nur traurig, sondern auch unendlich wütend. Wütend auf sich selbst! Warum war sie nur dieser dämlichen Kreidekarte gefolgt? Warum war sie Sofia direkt in die Arme geritten? Eigentlich war sie selber schuld an allem.

Sie atmete tief ein und zwang sich zu einem Lächeln. Monsoon sollte nicht denken, sie wäre wütend auf ihn. Ihre Hand öffnete die Schnallen des Halfters. Sie zog es über seine Ohren und warf es ins Gras. Dann kraulte sie seine Stirn. Er verlor schon viele Haare, bald würde sein Winterfell kommen.

»Die letzten drei Monate waren die schönsten meines Lebens, weißt du das, Monsoon? Ich wollte dir das unbedingt noch mal sagen, bevor du übermorgen wieder zu Sofia auf die Ranch ziehst.«

Der Wallach sah sie an, als könnte er sie verstehen.

Sie machte einen kleinen Schritt zurück. »Sorry, ich quatsche dich hier voll, dabei willst du sicher lieber fressen. Sieh mal, wie saftig das Gras hier ist.« Sie rupfte ein Büschel aus und hielt es ihm entgegen.

Monsoon rührte es nicht an. Stattdessen wieherte er und warf seinen Kopf auf und ab. Sein Vorderhuf stampfte mehrmals auf.

Lisann legte ihren Kopf schief. »Was ist mit dir?«

Der Wallach schüttelte seine lange Mähne und ging auf sie zu. Mit einem kräftigen Nasenstupser gegen ihre Brust schubste er sie nach hinten.

»Monsoon …! Was soll das?«

Kaum hatte sie das gefragt, kam er erneut auf sie zu und schubste sie ein zweites Mal wiehernd.

»Hör schon auf, du Spinner!« Lisann musste lachen.

Wieder ein Stoß von Monsoon, diesmal so kräftig, dass sie fast stolperte. Lisann lachte nun laut auf, drehte sich um und joggte los auf das Stoppelfeld neben der Allee.

Monsoon folgte ihr trabend und brummelte zufrieden.

Lisi hatte verstanden. Es war ihr altes Fangenspiel, das sie so liebten. Als wäre sie ein Rind und Monsoon ein Pferd mit Cowboy drauf. Damals hatte Lisann den Zusammenhang nicht verstanden – sie hatte ja nichts von seiner Vergangenheit gewusst. Jetzt aber war alles anders.

Lisann stellte sich vor ihn – die Zeigefinger zum Spaß zu Hörnern auf ihrem Kopf geformt.

Monsoon stand ihr gegenüber, den Kopf abenteuerlustig nach vorn gereckt. Seine Augen fixierten sie.

Lisann gab sich alle Mühe, brach schnell zwei Schritte nach links aus. Dann wieder drei Schritte nach rechts. Doch egal was sie tat, Monsoon schaffte es immer wieder, ihr den Weg abzuschneiden. Seine Mähne flog dabei in alle Richtungen – ebenso die dunkle Erde, die von seinen schnellen Hufen in die Luft gewirbelt wurde.

Irgendwann war Lisi so außer Atem, dass sie sich lachend die Seite hielt, wo sie schmerzhafte Stiche spürte. »Stopp, ich kann nicht mehr. Du bist einfach zu gut für mich«, sagte sie und schlang ihren rechten Arm um seinen starken Hals.

»Im Cutting war Montano schon immer der Schnellste«, ertönte plötzlich eine Stimme von der Allee her.

Lisi erschrak. Bis gerade eben hatte sie gedacht, sie wäre mit Monsoon allein. Doch da stand Sofia mit Silver.

»Was tust du denn hier?«, fragte Lisann erstaunt.

»Ich hab das mit Gismo von Elias gehört, da wollte ich nach Montano sehen. Hab mir Sorgen gemacht.«

»Ihm geht's gut.« Lisann ging langsam auf sie zu. »Wie lange stehst du schon da?«

Sofia gab keine Antwort darauf. Stattdessen sagte sie: »Keine Sorge, Lisann. Ich weiß, dass Montano bis übermorgen noch quasi dein Pferd ist. Ich wollte nur kurz nach ihm sehen, mehr nicht.«

»Hast du ja jetzt«, gab Lisann zurück und blieb vor ihr stehen. Sie merkte selber, dass sie zickig klang. Monsoon war ihr gefolgt und legte jetzt seinen Kopf auf ihre Schulter. Lisi streichelte die weiche Nase, die jetzt genau neben ihrer Wange ruhte.

Sofias Gesicht verzog sich kurz. So als hätte sie sich den Zeh angestoßen. Dann sah sie Lisann wieder in die Augen.

»Weißt du was, Lisann? Wir zwei haben was gemeinsam.«

»Echt?«, fragte sie zurück.

»Ja. Ich musste mich auch an ein neues Pferd gewöhnen, so wie du jetzt. Die ersten zwei Wochen konnte ich Silver kaum angucken. Und jetzt habe ich ihn unendlich lieb. Bei dir kann das auch klappen. Du musst Sugar nur eine echte Chance geben.«

Lisann wollte das nicht hören. Schon gar nicht jetzt, wo sie gerade einen so wunderschönen Moment mit Monsoon verbracht hatte. Aber Sofia versuchte, nett zu ihr zu sein, darum lächelte sie mit zusammengepressten Lippen. »Ich denk drüber nach.«

»Mach das. Ich finde nämlich, du und Sugar, ihr passt toll zusammen. Morgen kann sie schon dir gehören und übermorgen nimmst du sie mit.«

»So oder so, übermorgen bist du mich für immer los.«

»Für immer? Du kannst Montano jederzeit besuchen«, sagte Sofia mit Nachdruck.

»Nein danke. Will ich lieber nicht.« Lisann sah zu Boden. Um irgendwas zu tun, hob sie jetzt das Halfter auf und legte es ihm an.

»Schade. Echt jetzt. Also, nicht nur für Montano.«

Lisann sah sie wieder an.

Sofia wirkte traurig. »Weißt du, wenn alles anders wäre, dann könnten wir zwei sicher richtig gute Freundinnen sein.«

Lisann spürte, dass sie es ernst meinte. »Ja, ganz bestimmt sogar«, sagte sie und fühlte sich plötzlich auch traurig.

»Okay, ich mach mich dann mal auf den Rückweg. Wir sehen uns ja heute Nachmittag.« Sie stieg auf ihren Apfelschimmel. »Ach ja, sag Mira doch bitte, meine Eltern würden sich freuen, wenn sie morgen ihr Geburtstagspicknick bei uns auf dem Hof machen würde. Vielleicht so gegen zwölf Uhr?«

»Klingt gut. Ich sag's ihr.«

»Okay, *see you later.*«

Kapitel fünfzehn

Die Fahrt mit dem Auto zur Ranch heute war überraschend kurz – selbst mit dem klapprigen Bulli. Lisann hatte sich so sehr an den Traktor und seine langsame Geschwindigkeit gewöhnt, dass es sie nun verblüffte, schon nach zehn Minuten da zu sein.

Hinter Elias und Mira stieg sie aus und winkte Alice und Lenny zu. »Bis heute Abend.«

»Um sechs Uhr sind wir wieder da. Viel Spaß«, riefen Miras Eltern und winkten zurück. Der rote Bulli wendete und knatterte davon.

Lisann sah sich um und runzelte die Stirn. »Seltsam still hier, findet ihr nicht?«

»Kein Wunder.« Elias zeigte auf die leeren Weiden. »Die Pferde stehen wegen der Diebe nicht draußen. So wie bei uns auf dem Falbenhof.«

Lisann betrachtete die verlassenen Wiesen im Sonnenschein. Kleine Mücken und Fliegen tanzten in der Luft. Alles wirkte so friedlich, dass der Gedanke an den Dieb so gar nicht dazu passen wollte.

Sie liefen zum Stallgebäude, wo Nick und Sofia gerade die große Flügeltür aufschoben und an Haken befestigten, damit sie nicht wieder zufiel.

»Hi, ihr zwei«, rief Elias. »Hier ist ja alles wie ausgestorben.«

Sofia kam auf sie zu. »Allerdings. Gruselige Stimmung, nicht wahr? Mein Opa und meine Eltern sind wieder auf der Polizeiwache. Sie sollen noch mehr Fragen beantworten. Nur Nick und ich sind hier.« Sie zeigte mit dem Daumen nach hinten.

Der Stallbursche nickte ihnen zu und verschwand in der Boxengasse.

»Hoffentlich schnappen sie die verdammten Kerle bald«, grollte Elias. »Wir können die Pferde ja schließlich nicht wochenlang einsperren.«

»Hoffe ich auch. Vor allem da wir noch keine Reitschüler haben, anders als ihr auf dem Falbenhof. Das heißt, wir müssen alle Pferde allein bewegen.«

»Stimmt«, sagte Mira. »Aber wie macht ihr das?«

»Wir haben zum Glück eine riesengroße Reithalle. Was haltet ihr davon, wenn wir die Pferde dort hinbringen und sie etwas laufen lassen? Sie müssen sich dringend austoben. Und hinterher zeige ich euch ein paar coole Westernreitmanöver wie Sliding Stops oder Spins.«

Elias rieb sich erwartungsfroh die Hände. »O ja, das wollte ich schon immer mal von Nahem sehen.«

»Dann bringt schnell eure Rucksäcke in die Sattelkammer und los geht's.«

Mit jeweils zwei Pferden an der Hand liefen sie zwischen Stall und Reithalle hin und her, bis fast alle Pferde ihr Ziel erreicht hatten.

»Silver hatte schon Bewegung, Nick. Kannst ihn ruhig in der Box lassen«, sagte Sofia zum Stallburschen. »Stell ihn am besten neben Chuck. Der lahmt ja und muss sowieso drinnen bleiben.«

Er nickte und verabschiedete sich mit den Worten: »Dann gehe ich mal misten. Ruf mich, wenn du Hilfe brauchst, Sofia.«

»*Thanks*«, rief sie ihm hinterher, schloss die Reithallentür und gesellte sich zu Mira, Elias und Lisann, die in der Mitte der Bahn standen.

Eine Weile lang ließen sie die Pferde im Schritt gehen. Die Geräusche in der Halle waren ein Gemisch aus Schnauben und Quietschen, immer dann, wenn ein Pferd dem anderen zu nah aufs Fell rückte.

»Ruuuuuhig, ihr Wildpferde.« Sofia musste die bunte Herde immer wieder davon abhalten loszurennen, indem sie sich in ihren Weg stellte und lang gezogene Worte sprach. »Sie würden am liebsten schon jetzt losfetzen, aber sie müssen erst mal warm werden, sonst ist die Verletzungsgefahr zu groß«, erklärte sie Mira, für die als Einzige das Laufenlassen in der Halle neu war.

Als die Pferde zehn Minuten später aufgewärmt waren, reichte ein leises Schnalzen, um die gesamte Herde in einen Trab zu bringen.

Nun kam das aufgebrachte Prusten von einigen Pferden hinzu, die sich freuten, endlich schneller laufen zu dürfen. Der Klang der vielen Hufe auf dem weichen Hallenboden war dumpf. Nur ab und zu hörte man es knallen, wenn versehentlich ein Huf gegen die hölzerne Reithallenbande kam.

Sofia hatte alle Hände voll zu tun, die Pferde unter Kontrolle zu halten.

»Wow, die brauchen echt Bewegung«, bemerkte Mira mit lauter Stimme, um die Pferdegeräusche zu übertönen.

»Sie sind es auch überhaupt nicht gewohnt, nicht rauszudürfen. Selbst im Winter stehen sie den ganzen Tag über auf dem Paddock.«

»Verstehe. Dürfen sie denn gleich auch galoppieren?«

»Nein, viel zu gefährlich mit so vielen Pferden«, wehrte Sofia ab. »Aber lange zu traben, tut ihnen auch gut.«

Erst als keines der Pferde mehr drängelte, lief sie mit erhobenen Händen Richtung Hufschlag. *»Ho, slow down, guys.«* Die Pferde fielen wieder in Schritt. Danach drehte sie sich zu Mira, Elias und Lisann um. »So, nun wechseln wir die Richtung. Wer will es mal probieren?«

»Ich«, rief Mira begeistert.

»Okay, zuerst ein paar einfache Regeln. Du stellst dich so zu den Pferden hin, dass du sie immer sehen kannst. Und dann …«

Während Sofia das Wichtigste erklärte, steckte Lisann sich die kühlen Hände in die gefütterten Taschen ihrer Weste. Beim Befühlen der leeren Innenseiten fiel ihr etwas auf. »Mist, ich habe mein Handy in der Sattelkammer liegen lassen. Wenn meine Mutter jetzt anruft und ich gehe nicht ran, ist die Hölle los.«

»Geh es schnell holen«, sagte Elias. »Wir warten so lange mit dem nächsten Trab.«

Lisann joggte zum Ausgang und passte jenen Moment ab, als die Herde gerade an ihr vorbei war.

Auf dem Hof ließ die Sonne sie blinzeln. Es war noch immer so still, dass es sie beinahe gruselte. Schnell lief Lisi rüber zum Stallgebäude, wo eine halb volle Schubkarre mit Mist im Gang stand. Nick war nirgends zu sehen. Eine Stimme aus einer der hinteren Boxen ließ sie aufhorchen.

»Ja, ein Apfelschimmel. Stockmaß circa ein Meter fünfundfünfzig. Acht Jahre alt …«

Sie hielt weiter auf die Sattelkammer zu, wo ihr Rucksack mit dem Handy lag, da sah sie Nick bei Silvers Hinterteil stehen. Er fixierte etwas mit dem Blick.

»Ein Quarter Horse …« Als er sie sah, erschrak er sichtlich und erstarrte.

In seiner Hand hielt er ein Handy, aus dem eine Stimme drang. »Hallo? Hallo!«

Nick nahm das Gespräch wieder auf. »Ja, 'tschuldigung. Sie kommen also gleich zur Buckskin Ranch? Wunderbar, danke.« Er legte auf. Zu Lisann gewandt sagte er: »Mann, hast du mich erschreckt. Wenn der Hof so leer ist, rechnet man nicht damit, dass plötzlich einer neben einem steht.« Er hob sein Handy in die Luft und wackelte damit herum. »Tierarzt Dr. Becker. Silver hat eine tiefe Bisswunde am Hintern.«

Lisann nickte. »Oh, der arme Kerl. Soll ich Sofia Bescheid sa…«

»Ach, nein. Halb so wild«, winkte Nick schnell ab. »Da schmieren wir eine Salbe drauf und gut. Der Tierarzt muss sowieso kommen, wegen Chucks Lahmheit. Sofia braucht wegen so einer Kleinigkeit nicht Bescheid zu wissen. So was haben wir hier ständig.« Er zwinkerte. »Die Buckskin

Ranch ist ja so was wie Klein-Wyoming. Hier macht man deswegen nicht so eine große Welle.«

»Verstehe … Ich wollte auch nur mein Handy holen …« Sie lief in die Sattelkammer und steckte sich ihr Telefon ein. Dann ging sie zurück Richtung Halle. Trotz des Sonnenscheins war es kühl heute. Ein Windstoß erfasste Lisi und sie bekam eine Gänsehaut.

Zurück bei ihren Freunden, ließ sie sich von Miras Begeisterung schnell anstecken. Ihre beste Freundin strahlte und meisterte ihre Aufgabe hervorragend. Nach zwei Runden ließ sie die Herde die Gangart wechseln. Von Trab zu Schritt und andersherum.

»Das ist ja irre. Sie hören echt auf mich!«, freute sich Mira.

Nach einer Stunde in der Halle sagte Sofia: »So, jetzt dürfen sie sich wälzen und entspannen. Nur Chester nehmen wir mit. Der ist unser Sliding-Stop-Experte – ihr werdet staunen.« Sie zog dem Rappen ein Knotenhalfter über. Bereitwillig folgte er ihr hinaus auf den Hof, wo in diesem Augenblick der Pick-up der Bigsbys in die Auffahrt einbog – gefolgt von einem Streifenwagen.

»Seht mal«, sagte Elias.

Eine Bremse quietschte.

»Mom, Dad, was macht ihr denn schon hier?«, begrüßte Sofia ihre Eltern.

»Hi, Kids«, sagte Rebecca. »Sie hatten nicht viele Fragen an uns, aber die Beamten wollen sich hier noch mal genau umsehen.«

Jack Bigsby wandte sich den Polizisten zu und erklärte ihnen den Hof. Dabei zeigte er auf die verschiedenen Gebäude. »Hier ist das Haupthaus, dort sind die Stallungen, die Scheune mit Heuboden und Trecker, Reithalle, Round Pen, Kuhstall …«

Elias half Sofias Großvater Emil, der sich auf einen Gehstock stützte, aus dem Wagen. Er fragte ihn: »Gibt es schon einen Verdächtigen? Oder wenigstens einen klitzekleinen Hinweis auf Gismo?«

»Leider nein, Elias.« Emil schüttelte bedauernd den Kopf. »Aber die Polizisten tun, was sie können.«

»Wir beginnen jetzt mit unserem Rundgang«, sagten die beiden Männer in Uniform und zückten eine Kamera, Block und Stift.

Lisann sah ihnen nach, bis sie hinter den Stallungen verschwunden waren. »So ein großes Pferd wie Gismo kann doch nicht einfach vom Erdboden verschwinden. Jemand muss ihn gesehen haben.«

Jack antwortete ihr. »Kopf hoch, Lisann. Sie sind ja noch immer dabei, Befragungen durchzuführen. Als wir gingen, saßen da noch unser Futterlieferant und sogar unser Tierarzt.«

Lisi runzelte die Stirn. »Dr. Becker?«

»Du kennst unseren Tierarzt?«, wunderte sich Sofia.

»Nein. Eigentlich nicht, aber …« Sie sah zum Stallgebäude. Ihre Gedanken schlugen plötzlich Purzelbäume. Wenn der Tierarzt auf der Polizeiwache war, wie konnte er dann gleichzeitig mit Nick über kranke Pferde am Telefon reden? »Das kann doch alles gar nicht sein«, murmelte sie leise vor sich hin.

»Lisi, was ist mit dir?«, fragte Mira.

»Du bist ja ganz blass.« Elias fasste sie besorgt am Arm.
Sie sah auf. »Hier stimmt irgendwas nicht. Nick stand vorhin in Silvers Box und hat telefoniert. Angeblich mit Dr. Becker, der gleich herkommen sollte.«

»Wie bitte?«, fragte Jack verwirrt.

»In Silvers Box, sagst du?« Sofias Stimme klang schrill.

Elias fackelte nicht lang. »Los, kommt schnell mit!«

»Kinder, wartet …«, rief Jack, doch keiner hörte auf ihn.

Lisi, Mira, Elias und Sofia rannten zum Stall, so schnell sie konnten.

Nick stand vor dem Apfelschimmel und hielt sein Handy mit beiden Händen. Das Klicken der Handykamera erklang in dem Moment, da sie die Box erreichten.

»Was tust du da?«, fragte Elias so streng, dass der Stallbursche vor Schreck das Handy ins Stroh fallen ließ.

Blitzschnell schoss Mira vor und griff zu. Es war noch angeschaltet und das letzte Foto deutlich zu erkennen.

»Das Brandzeichen«, stellte Sofia erschrocken fest. »Warum hast du das fotografiert?«

Mira wischte mit dem Finger zur Seite. Ein Brandzeichen nach dem anderen kam zum Vorschein. »Das darf doch nicht wahr sein!«

Elias knurrte: »Du hast also die Bilder gemacht, die wir in der Hütte gefunden haben!«

In diesem Moment stürzten Rebecca und Jack Bigsby herein. Sie blickten von einem zum anderen. »Was geht hier vor sich?«

»Mom, Dad, Nick wollte Silver …«

Bevor sie aussprechen konnte, hastete Emil erstaunlich flink in den Stall. Er schien sofort zu verstehen, was hier vorging – als hätte er es bereits geahnt. »Du Lump, du elender …«, schimpfte er grollend. »Seit wie vielen Jahren arbeitest du schon für mich? Ist das etwa der Dank für alles?«

»Pah, arbeiten nennst du das?«, spie Nick verächtlich aus. »Ausbeutung trifft es wohl eher, du verdammter Geizkragen. Bei deinem miesen Lohn war es doch nur eine Frage der Zeit, bis ich mir einen Nebenjob suchen musste.«

»Pferde stehlen nennst du Nebenjob?«, fuhr Emil ihn an.

Elias wollte sich auf ihn stürzen. »Wo ist Gismo, du Mistkerl?«

Jack Bigsby hielt ihn am Arm fest. Mit seiner freien Hand griff er nach der Gitterschiebetür und schob sie krachend zu. Danach wickelte Jack einen Führstrick so um die Stangen, dass Nick ihn unmöglich erreichen konnte. »Spar dir deine Worte besser für die Polizei auf. Mit der wirst du noch viel Zeit verbringen.«

Es dauerte nicht lang und der Hof stand voller Autos. Neben den hinzugekommenen Streifenwagen quetschten sich auch noch der rote Bulli und der Audi, aus dem nun Anja gestürzt kam.

»Lisilein! Geht es dir gut?«

»Ja, alles in Ordnung, Mama.«

Sie schloss ihre Tochter fest in die Arme. »Was für eine entsetzliche Vorstellung, wie nah du diesem Kriminellen die ganze Zeit warst.«

»Es ist mir ja nichts passiert«, sagte sie beschwichtigend.

Alice und Lenny nahmen Mira wortlos in ihre Mitte und küssten ihr Stirn und Wange.

Bernd kam als Letzter hinzu und strich Lisann mit erleichtertem Gesicht über den Hinterkopf. Dabei sah er an seiner Tochter hinab, so als wollte er sich vergewissern, dass sie auch ja keinen Kratzer hatte. »Gott sei Dank hat das alles jetzt ein Ende.«

»Da, sie bringen ihn weg«, sagte Elias. Sein grimmiger Blick folgte dem Polizeiauto, das gerade mit Blaulicht die Ranch verließ. Auf der Rückbank saß der Stallbursche.

»Zum Glück sind jetzt fast alle Pferde in Sicherheit. Wenn sie Nick erst mal gründlich verhört und sein Handy untersucht haben, finden sie sicher auch diesen Händler – und Gismo«, war sich Lenny sicher.

Rebecca sah kopfschüttelnd zum Tor. »Wie konnten wir nur dermaßen blind sein?«

Jack legte den Arm um seine Frau. Für einen Moment spannten sich seine Kiefermuskeln sichtlich an. Er grollte: »So habe ich mich noch nie in jemandem getäuscht.«

Eine Polizistin kam herbei. »Es ist nicht Ihre Schuld, Herr und Frau Bigsby. Solche Verbrecher sind Profis. Sie verfahren gerne nach einem Motto, das man am besten mit einem alten Sprichwort erklärt: Unter der Laterne ist es am dunkelsten.«

»Was bedeutet das?«, fragte Sofia.

»Dass man das Böse am wenigsten in den eigenen Reihen erwartet. Genau das nutzen diese Menschen als Tarnung. Aber gerade ihr Kinder solltet euch jetzt darüber nicht mehr den Kopf zerbrechen.« Dann sah die Polizistin zu Elias. »Bei dir müssen wir uns wohl entschuldigen. Eine Zeit lang haben wir dich verdächtigt. Zu Unrecht!«

»Schon okay«, sagte er und winkte ab.

Ein lautes Wiehern ertönte aus der Reithalle. Es klang fast wie ein Rufen.

Die Beamtin gab den Erwachsenen die Hand und sagte: »Wir müssen los. Auf der Wache wartet eine Menge Arbeit auf uns. Aber bringen Sie Ihre Pferde ruhig wieder auf die Weide. Sie hören bald von uns. Unsere Erfahrung sagt, dass wir diesen Fall bald vollständig gelöst haben.«

»Danke für alles«, antwortete Jack und tippte sich an den Cowboyhut.

So schnell wie der Hof sich gefüllt hatte, leerte er sich auch wieder.

Großvater Emil trat aus dem Haupthaus und fragte in die Runde: »Darf ich auf den Schreck vielleicht einen Schnaps ausgeben?«

»O ja, ich nehme gerne einen«, sagte Alice sofort.

Auch die anderen willigten ein.

»Bringt ihr die Pferde raus, Sofia?«, fragte Rebecca.

»Nichts lieber als das«, war deren Antwort.

Nur wenig später strömten die Pferde wieder über die sonnenüberflutete Weide. Bald darauf hatten sie ihre Köpfe zum Grasen gesenkt.

Sofia, Elias, Mira und Lisann setzten sich auf den obersten Querbalken des weißen Zauns und ließen ihre Beine baumeln.

»Puh, es ist gut zu wissen, dass Timber und die anderen Pferde nun nicht mehr in Gefahr sind«, sagte Mira erleichtert. »Zum Glück ist dieser Horror vorbei!«

»Stimmt leider nicht ganz«, warf Elias ein. »Sie müssen erst noch den zweiten Kerl finden – diesen angeblichen Pferdehändler. Und natürlich Gismo!«

»Du hast die Polizistin doch gehört. Das wird jetzt ganz schnell gehen«, sagte Sofia zuversichtlich.

Lisann ballte eine Hand zur Faust. Wütend donnerte sie damit gegen den Zaun. »Es hätte noch viel schneller gehen können, wenn ich nur richtig geschaltet hätte. Die Stimme kam mir gleich bekannt vor. Ich Holzkopf bin nur nicht drauf gekommen, wo ich sie schon mal gehört habe.«

Mira zog die Augen enger zusammen. »Hast du Nick deswegen letztens in der Sattelkammer so angestarrt?«

»Ja, genau. Damals, auf der Auktion, als Monsoon verkauft werden sollte, hab ich Nick und den Händler heimlich belauschen können. Sein Gesicht konnte ich zwar nicht sehen, aber die Stimme … Boah, ich bin so doof.«

»Blödsinn, Lisi. Das ist doch Monate her«, sagte Mira und schlang aufmunternd den Arm um sie. »Mach dir keine Vorwürfe.«

Sofia sprang von dem Balken. »Genau. Schluss damit. Wir sollten diesem Idioten keine Sekunde mehr widmen und lieber was Cooles unternehmen.«

»Okay. Was schlägst du vor?«, fragte Elias.

»Na, ist doch klar! Ich bringe euch jetzt bei, wie man Sliding Stops und Spins macht.«

»O ja«, freute sich Mira.

Sofia sprang ebenso von dem Balken. »Na gut, dann lasst uns die Pferde holen. Wer zuerst bei den Halftern ist.«

Sie rannte los und die anderen hinter ihr her.

Kapitel sechzehn

Noch bevor Lisann die Augen öffnete, nahm sie den unglaublich köstlichen Geruch wahr, der durchs Haus waberte. Käsekuchen – eindeutig. Miras Lieblingskuchen!

Für gewöhnlich wäre sie jetzt sofort aufgesprungen und hätte Mira stürmisch zum Geburtstag gratuliert. Aber Lisann hatte das Gefühl, noch nicht genug Mut für den Tag zu haben. Denn es war ja nicht nur der dreizehnte Geburtstag ihrer besten Freundin, sondern auch der Abschiedstag von Monsoon!

Einzig und allein eine Tatsache half ihr: Lisann hatte einen heimlichen Entschluss gefasst, von dem noch keiner etwas wusste.

»Bist du wach, Lisi?«, flüsterte Mira von rechts.

Lisann schlug die Augen auf und lächelte sie an. »Logo, bei dem Geruch.«

Mira setzte sich auf, breitete die Arme so weit aus, wie sie konnte, und forderte: »Dann gratuliere mir! Ich bin das Geburtstagskind.«

Lisann musste lachen. Sie schlug die Bettdecke zur Seite und warf sich in Miras Arme. »Herzlichen Glückwunsch, du allerbeste, tollste Freundin auf der ganzen weiten Welt. Alles Gute zum Geburtstag!«

»Danke, Lisi.« Mira strahlte. »Nichts ist besser, als meinen Ehrentag mit dir zu beginnen. Wenn wir jetzt noch ein Stück Käsekuchen im Bett serviert bekommen würden … das wäre perfekt.«

»Wird nicht passieren. Der ist hundertpro für später. Aber weißt du was? Dafür hab ich was für dich.« Lisann sprang auf und lief zu ihrem Kleiderschrank. Dort stellte sie sich auf Zehenspitzen und fischte mit ihren Fingern auf dem obersten Ablagebrett herum. Mit einem glänzend verpackten Kästchen in der Hand hüpfte sie ins Bett zurück und überreichte es Mira feierlich mit beiden Händen.

»Habe ich schon vor Wochen von meinem Taschengeld gekauft. Mach's auf.«

Mira zerriss das Papier und klappte den Deckel hoch. Ihr blieb der Mund offen stehen, als sie es silbrig funkeln sah. »Freundschaftsketten!«, rief sie begeistert.

»Ja, eine Seite des Hufeisens hast du, die andere hab ich. Und zusammen …«, Lisi hielt den einen Anhänger an den anderen, »… sind wir komplett. Ich hoffe, die Kette bringt dir ganz viel Glück.«

»Danke, danke, danke. Ich liebe sie jetzt schon. Machst du sie mir gleich um?«

Lisi folgte ihrem Wunsch. »Und jetzt du.«

Sie traten vor den alten ovalen Standspiegel neben dem Fenster und bewunderten ihren Schmuck.

»Sieht richtig toll aus. Ich werde sie nie abnehmen«, versprach Mira.

»Ich meine auch nicht.« Lisann legte ihre Finger auf das halbe Hufeisen.

»Wird voll komisch sein, morgen ohne dich aufzuwachen. Irgendwie fühlt sich der Falbenhof schon ein bisschen wie ein Zuhause an.«

Mira und Lisann sahen aus dem Fenster, wo sie das rote Backsteingebäude mit dem bunten Wein dran sehen konnten. Kleine Vögel flatterten zwischen den Blättern raus und rein. Alexej und Elias führten gerade je zwei Privatpferde über den Hof zur Weide.

Bei diesem Anblick kam Lisann plötzlich etwas in den Sinn. Sie riss die Augen auf. »Mira! Durch das ganze Chaos mit Nick und Gismo und der Polizei habe ich ganz vergessen, dich was zu fragen.«

»Allerdings«, sagte diese mit festem Blick auf Elias und grinste vielsagend. »Frag schon!«

»Wie war's gestern mit Elias, so ganz allein?«, wollte Lisann jetzt wissen.

Mira legte sich beide Hände auf die Brust und drehte sich einmal um sich selbst. Dabei stieß sie ein schwärmerisches »Hach ...« aus. »Es war so super toll. Wir haben keine einzige Minute an seinem Berichtsheft gearbeitet, nur Cola getrunken und gequatscht.«

»Echt? Worüber denn?«

Sie zuckte die Schultern. »Irgendwie über alles. Schule, Pferde, Freunde, Musik. Aber frag mich lieber nicht so genau. Die halbe Zeit habe ich ihn nämlich mehr angehimmelt als zugehört.« Sie lachte über sich selbst.

Lisann lachte mit. »Krönender Abschluss für deine Herbstferien, würde ich sagen.« Sie stupste Mira freundschaftlich gegen den Arm.

»Das kannst du laut sagen. Aber …« Mira sah sie an und legte den Kopf schief. »Was ist mit deinem krönenden Abschluss?«

Lisann wusste, sie sprach von Sugar. Und davon, ob sie sich nun für ein neues Pferd entschieden hatte. Und ob sie nun glücklich und zufrieden war. »Also, es ist so …«, begann Lisi langsam.

In dieser Sekunde wurde die Tür aufgerissen. Vier Erwachsene stürmten ins Zimmer und riefen laut: »Überraschung!«

Anja pustete Luftschlangen in den Raum.

Bernd trötete mit einer Plastiktrompete.

Lisann und Mira erschraken fast zu Tode und schrien.

Die Erwachsenen lachten ungeniert über ihren gelungenen Streich.

»Habt ihr euch etwa angeschlichen?«, fragte Mira atemlos.

Sie bekam keine Antwort, dafür aber ein ausgelassenes Happy-Birthday-Ständchen.

Alice hielt dabei den duftenden Käsekuchen in der Hand, auf dem dreizehn bunte Kerzen brannten.

Lenny überreichte seiner Tochter einen Strauß Blumen.

Nachdem alle Mira einmal fest an sich gedrückt und ihr gratuliert hatten, widmete sie sich dem Käsekuchen. »Davon will ich sofort ein Stück haben.« Ihr Finger stach ins Leere.

Alice hatte sich blitzschnell umgedreht. »Nix da. Du musst dich noch etwas gedulden, Geburtstagskind. Der ist für das Picknick.«

Mira guckte gequält. »Und meine Geschenke?«

»Die gibt es ebenso erst auf der Ranch. Euer Glück, dass ihr Langschläfer die erste Tageshälfte beinahe komplett verschlafen habt. Zieht euch was an. Wir packen schon mal das Essen ein. Und dann geht's los.«

Lisann und Mira brauchten nicht lang, bis sie fertig waren und die Küche betraten, wo ihre Eltern so beschäftigt waren, dass sie die beiden kaum bemerkten.

Lenny kochte Kaffee und las gleichzeitig die Tageszeitung. Bernd präparierte Käse-Weintrauben-Spieße. Die Mütter formten und brieten Frikadellen und waren in ein Gespräch vertieft.

»Ich hab das Gefühl, die brauchen uns gar nicht«, sagte Mira leise.

»Sollen wir sie fragen, ob wir helfen können?«, wisperte Lisann zurück.

Mira schüttelte entschlossen den Kopf. »Auf keinen Fall. Ich habe heute Geburtstag und mache nur, was ich will.«

Lisi grinste. »Und was willst du machen?«

»Komm mit nach draußen.«

Leise schlossen sie die Tür des Ferienhauses hinter sich. Auf dem Hof zeigte Mira auf den silbernen Audi von Lisanns Eltern. Der Pferdeanhänger war schon angekuppelt.

Lisann fühlte einen schmerzhaften Stich in der Herzgegend. Irgendwann musste dieser schlimme Moment ja kommen.

Mira nahm Lisanns Hand. »Los, wir holen Monsoon zusammen.«

Elias fegte gerade mit einem Besen über die geöffnete Ladeklappe. »Ich kann das auch machen, wenn es dir lieber ist, Lisi«, bot er an.

Sie schüttelte den Kopf, denn in ihrem Hals war so ein dicker Kloß, dass sie kein Wort herausbrachte.

Jetzt nahm Elias ihre andere Hand. »Dann machen wir es eben zusammen.«

Der Weg zur Weide kam Lisann heute unendlich lang vor. Ein starker Wind blies von hinten. Er ließ ihre langen Haare fliegen und die weißen tief hängenden Wolken schnell ziehen. Sonne und Schatten wechselten sich immer wieder ab. »Das letzte Mal …«, sagte Lisann. »Es ist das letzte Mal, dass ich Monsoon von der Weide hole.«

Mira nickte traurig. »Das Wunder ist doch nicht passiert. Dabei war ich mir so sicher. Tut mir leid, wenn ich dir falsche Hoffnungen gemacht habe.«

»Du musst dich doch nicht bei mir entschuldigen«, beeilte Lisi sich zu erklären.

»Stimmt«, sagte Elias. »Wenn sich einer entschuldigen muss, dann ich. Nur meinetwegen ist das alles passiert.«

»Hä? Wie kommst du denn darauf?« Lisann schüttelte den Kopf.

»Nur weil ich diese doofe Idee hatte, euren Privatreitlehrer zu spielen und mit euch auf Spurenjagd zu gehen, haben wir Sofia überhaupt kennengelernt. Mir tut das alles für dich und Monsoon so leid, Lisann.« Er sah auf seine Fußspitzen, die vom feuchten Gras nass waren.

»Ihr zwei spinnt doch. Wir haben das alles nur wegen meiner Albträume gemacht. Und die sind schließlich weggegangen. Außerdem: Hätten wir Sofia nicht getroffen, dann hättet ihr beide nie richtiges echtes Westernreiten lernen können«, sagte Lisann energisch und drückte die Hände der beiden einmal ganz fest. »Ich hab mit euch die tollsten Freunde der Welt. Ihr wolltet mir nur helfen. Auch wenn ich mich heute von meinem geliebten Traumpferd verabschieden muss, ihr beide seid daran nicht schuld!«

Sie hatten das Weidegatter erreicht.

Mira lehnte sich schwer dagegen und verschränkte die Arme vor der Brust. »Ist zwar nicht ganz vergleichbar, aber auch ich muss mich heute ja von jemandem verabschieden. Von Timber! Und wenn ich ehrlich bin, fällt mir das verdammt schwer. Also, so richtig schwer! Ich werde ihn … ihn schrecklich … vermissen.« Miras Stimme zitterte und stockte. Mit der freien Hand wischte sie sich über die Augen.

»So wie ich vom ganzen Westernreiten.« Elias kickte einen Stein von sich weg. »Mein Vater wird mir niemals erlauben, weiter zur Ranch zu fahren. Eher schmeißt er mich raus. Das ist alles so unfair.«

Lisann sah zwischen ihren Freunden hin und her. Beide hatten Tränen in den Augen. Lisi zögerte keine Sekunde und schlang ihre Arme um sie.

Elias und Mira taten dasselbe. Lange standen sie so beisammen und trösteten sich gegenseitig. Erst als eine dicke weiche Nase sich von oben in ihre Mitte drängelte, lösten sie sich voneinander.

»Monsoon«, rief Lisann lachend und weinend zugleich. Sie schmiegte sich an ihn. »Du bist gekommen, um uns aufzumuntern, oder?«

»Er ist fast ein bisschen wie ein Mensch, finde ich«, sagte Mira und gab ihm einen Kuss auf die Nüstern.

Elias strich ihm über die Mähne. Seine Finger griffen eine besonders schön gewellte Strähne. »Hey, ich habe eine Idee.« Er zückte ein Taschenmesser und zog ein Stück Schnur aus der Jackentasche, mit dem eigentlich Heuballen zusammengehalten wurden.

»Was hast du vor?«, fragte Lisann skeptisch.

»Das siehst du gleich.« Elias kletterte über das Gatter und sprang zu Monsoon auf die Weide. Hier holte er eine der unteren Mähnensträhnen hervor. »Auf eine wird er wohl verzichten können.«

Ein Ratschen ertönte, als das Messer durch die Haare schnitt.

Elias band die lange schwarze Strähne fest zusammen und überreichte sie Lisann. »Das ist locker ein Meter von Monsoon. Nimm es mit nach Hause, dann hast du immer ein Stück von ihm bei dir.«

Lisann presste die Haare an sich. Sie hatte das Gefühl, jetzt einen Schatz zu besitzen. »Danke, Elias. Eine tolle Idee von dir.«

Ein lautes Rufen drang aus der Richtung der Ferienhäuser zu ihnen herüber. Es war Alice, die barfuß auf die Terrasse lief. Mit beiden Armen winkte sie und hüpfte auf der Stelle, auf dass ihre blonden Rastazöpfe flogen. »Kinder! Sie haben ihn geschnappt. Der zweite Pferdedieb ist gefunden worden. Gismo geht es gut und er kommt jeden Moment zum Hof zurück.«

Die Bigsbys hatten keine Mühe gescheut. Auf der freien Weide – angrenzend zu den Pferden und Kühen – hatten sie einen wahren Picknicktraum aus Strohballen errichtet. Es gab eine lange Tafel mit karierten Tischdecken und kleinere Strohballen mit bunten Kissen zum Sitzen. In vier umgekippte Rundballen hatten sie Holzpfähle gesteckt, an denen Heliumballons und Wimpelgirlanden im Wind flatterten.

Langsam rollte der Audi auf den Hof. Jack, Rebecca und Sofia winkten fröhlich.

»Seht euch das an«, staunte Bernd und parkte den Wagen neben dem Bulli. »Die Bigsbys machen keine halben Sachen.«

Lisann stieg aus, ohne den Blick von dem fröhlichen Treiben zu wenden. Beinahe kam es ihr so vor, als würde hier nicht nur Miras Geburtstag gefeiert, sondern auch das Ende der Schreckenszeit durch die Pferdediebe.

»Hi, schön, dass ihr da seid«, sagte Sofia und kam lächelnd auf sie zu. Als Erste schloss sie Mira in die Arme. »Herzlichen Glückwunsch, Birthday Girl.«

»Danke schön«, freute sich Mira. »Wie toll ihr das Picknick vorbereitet habt. Ich bin sprachlos.«

Lisann freute sich aufrichtig für ihre beste Freundin. Aber die Anspannung in ihr war groß und würde erst vergehen, wenn der Abschied von Monsoon hinter ihr lag. Plötzlich spürte sie zwei Hände auf ihren Schultern. Lisann sah nach hinten. Es waren ihre Eltern, die sie jetzt liebevoll ansahen.

Ihr Vater nickte Richtung Pferdeanhänger. »Brauchst du unsere Hilfe, Lisilein?«

Ihre Mutter ergänzte: »Ich traue mich zwar nicht, Monsoon selbst auf die Weide zu führen, aber wenn du willst, laufe ich die ganze Zeit neben dir und halte deine Hand.«

Lisann schüttelte den Kopf, schenkte den beiden dabei aber ein warmes Lächeln. »Danke, ich komme klar. Meine Freunde helfen mir.«

»Okay.« Bernd tätschelte ihre rechte Schulter. »Dann holen wir mal das Essen aus dem Auto und lassen euch das machen.«

Zu viert gingen die Freunde zum Pferdehänger. Mira und Elias öffneten die Heckklappe, Sofia entfernte die Stange. Lisann schlüpfte durch die kleine Vordertür. Bevor sie den Knoten im Führstrick löste, legte sie ein letztes Mal ihre Stirn an Monsoons. Dabei flüsterte sie ihm zu: »Danke, mein Schöner. Für alles. Du wirst für immer und ewig mein Herzenspferd bleiben. Und sei mir bitte nicht böse, wenn ich dich erst mal nicht besuchen kann … Irgendwann schaffe ich es vielleicht.«

»Kriegst du den Knoten nicht auf?«, fragte Mira. »Ich glaube, ich mache diesen Sicherheitsknoten noch immer falsch.«

»Nee, alles gut«, rief Lisann und atmete tief durch. Sie sah Monsoon noch einmal in die nussbraunen Augen und dachte an ihren Entschluss. Sie würde dabei bleiben! »Wir müssen leider gehen.«

Polternd entstieg Monsoon dem Pferdeanhänger und trabte langsam hinter Lisann her. Das Weidegatter knarrte beim Öffnen. Sie führte Monsoon aufs Gras und zog ihm das Halfter vom Kopf. »Lauf schon«, forderte sie ihn auf. Noch ein einziger Kuschler von ihm und Lisann hätte losgeheult.

Monsoon stieß sich vom Boden ab und stob in die Herde hinein. Seine Ankunft mischte die Pferde auf. Sofort hörte man es quietschen und wiehern. Dann hallte der Klang mehrerer galoppierender Pferde durch die Luft.

Beim Picknickplatz angekommen, sah Lisann den besorgten Blick ihrer Mutter.

»Ist dieses Verhalten normal?«

»Völlig normal«, sagte Jack. »Die Rangordnung muss wieder neu sortiert werden. Wird nicht lange dauern, Montano setzt sich sehr wahrscheinlich bald durch.«

»Lasst uns anfangen«, leitete Alice das Picknick ein.

Wenig später hallte das Klirren der Gläser über die Weide.

»Auf Mira!«, rief Lenny und alle sagten es ihm nach.

»Auf Mira!«

Lisann hatte eigentlich gedacht, sie würde keinen Bissen herunterbekommen, aber das Picknick war einfach zu verlockend. Brot, Aufschnitt, Früchte, Würstchen, Muffins, Käsekuchen, Obstsalat … Alles duftete und schmeckte köstlich.

»Und, Mira? Was hast du heute Schönes zum Geburtstag bekommen?«, fragte Sofias Mutter.

»Diese Freundschaftskette, von Lisann. Es ist ein Hufeisen, wenn man es zusammenhält.«

Lisi hielt ihren Anhänger ebenso hoch.

»Wirklich sehr hübsch«, sagte Rebecca nickend. »Ich glaube, hier bei mir liegt noch ein Geschenk.« Sie reichte ihr ein faustgroßes Päckchen mit gelber Schleife. »Herzlichen Glückwunsch von uns Bigsbys.«

»Was? Danke schön. Dabei ist das Picknick doch schon Geschenk genug!«

»Pack's schon aus«, forderte Sofia sie auf.

»Ein Knotenhalfter!«, freute sich Mira aufrichtig. »Ich habe die erst hier auf der Ranch kennengelernt. Voll cool, danke!«

»Oh«, sagte Lenny plötzlich. »Hier bei mir ist ja auch noch ein Geschenk.« Grinsend überreichte er seiner Tochter ein großes Päckchen.

Mira betrachtete schmunzelnd das zerknitterte Papier ohne Schleife. »Das hast du verpackt, Papa. Sieht man sofort.«

Alle mussten lachen.

»Frechheit«, schimpfte Lenny halbherzig.

Mira zerriss das Papier. »O mein Gott. Ein eigener Putzkasten!«

»Mit Inhalt natürlich«, ergänzte ihr Vater.

»Wow, ist der schön.« Lisann strich über den Kasten. »Und alle Bürsten haben dieselbe Farbe. Das Altrosa passt super zu dir.«

»Megatoll«, freute sich Mira und umschlang den Putzkasten mit den Armen. »Den gebe ich nie wieder her.«

»Das wäre auch dumm von dir«, scherzte Alice. »Du wirst ihn nämlich noch brauchen. Sieh mal unter den Bürsten nach.«

Mira wühlte polternd durch den Inhalt der Box und zog einen pinken Umschlag hervor. Sie riss ihn auf und überflog murmelnd die Zeilen des Briefs. »… du hast uns in den letzten Tagen wirklich überrascht und uns deutlich gezeigt, dass dein Herz für Pferde schlägt. Deshalb haben wir beschlossen, dich zum Westernreitunterricht anzumelden!«

Miras Kopf ruckte hoch. »Echt jetzt?«, rief sie so laut, dass ein paar der Pferde in der Nähe zusammenzuckten.

Lenny grinste über ihre Begeisterung. »Noch wissen wir zwar nicht, wo man bei uns zu Hause Westernreiten lernen kann, aber Rebecca und Jack haben versprochen, sich in der Cowboy-Szene umzuhören.«

»Du meinst wohl: Cowgirl-Szene«, berichtigte Mira ihren Vater, woraufhin alle lachten. Sie legte den pinken Umschlag an ihr Herz. »Danke!«

»Wir werden schon einen schönen Westernhof bei euch finden«, sagte Jack und richtete sein Wort jetzt an Lisann. »Sieht so aus, als ob ihr in Zukunft zusammen über Pferde schwärmen könnt.«

Rebecca hielt den Zeigefinger hoch. »Aber vorher steht noch eine allerletzte Frage aus.«

Lisi nickte. Sie wusste, was jetzt alle von ihr wissen wollten.

Die Gesichter am Tisch wandten sich ihr zu. Jedes lächelte sie erwartungsfroh an.

Feierlich fragte Jack: »Auch wenn wir die Antwort schon ahnen, sag uns, Lisann: Welches unserer schönen Pferde hast du dir ausgesucht?« Er machte eine weite Geste in Richtung der Herde.

Ihr Blick ging zur Weide. Für einen Moment dachte Lisi, sie hätte nicht den Mut, es auszusprechen. Dann aber fasste sie sich ein Herz: »Ich habe mich für Timber entschieden!«

Um sie herum war es mit einem Schlag mucksmäuschenstill.

Ein seltsamer Laut kam aus Miras Mund – wie ein Lufteinsaugen und Stöhnen zugleich. Ihrem Gesicht war der Schock anzusehen. »Was? Timber …?«

»Wie bitte?«, stieß Sofia aus.

Jack schob seinen weißen Westernhut zurecht. »Ich gebe zu, Lisi, damit habe ich nicht gerechnet«, sagte er. »Aber natürlich stehen wir zu unserem Wort. Du darfst dir das Pferd aussuchen, das du willst. Und wenn es Timber sein soll, hast du deine Wahl getroffen.«

»Moment!«, mischte sich Anja jetzt ein. »Lisi, Schatz, warte mal. Ich verstehe das nicht. Warum?«

Lisi atmete tief durch. »Wenn ich Monsoon nicht haben kann, will ich lieber gar kein Pferd haben. Und deswegen habe ich mich für Timber entschieden …« Lisann sah Mira fest an. »… und zwar, um ihn dir zu schenken!«

Mira wich mit einem Ruck zurück und schlug sich die Hand vor den Mund. Der Putzkasten fiel dabei krachend von ihrem Schoß und der Inhalt rollte über den Rasen. Nach einer Schrecksekunde fragte sie ungläubig: »Du verzichtest auf ein eigenes Pferd, um mir Timber zu schenken?«

Lisann zuckte lächelnd die Schultern. »Du bist halt meine beste Freundin und ich will, dass du happy bist.« Jetzt sah Lisi zu Alice und Lenny. »Natürlich nur wenn ihr damit auch einverstanden seid.«

»Na ja«, hauchte Alice überfordert. »Wir hatten eigentlich mit Reitstunden anfangen wollen. Aber wenn ich mir meine Tochter so ansehe, haben wir wohl kaum eine Wahl …!«

Mira hatte die Augen weit aufgerissen und wagte nicht zu atmen.

Lenny schaute zur Koppel, und genau in diesem Moment sah Timber zu ihnen herüber und begann zu wiehern. »Ich glaube, dein Traumwallach hat jedes Wort verstanden.«

Rebecca nickte. »Herzlichen Glückwunsch, Mira. Nun bist du wohl tatsächlich ein echtes Cowgirl.«

Lisann begann zu lächeln. Da Mira noch immer nichts sagte, schüttelte sie sie jetzt leicht am Arm. »Hey, kapierst du nicht? Du hast ein eigenes Pferd. Timber gehört jetzt dir.«

Mira schlang ihre Arme um Lisann und drückte sie fest. »Womit habe ich so eine Freundin verdient?«

Anja sah betroffen aus. »Meinst du das ernst, mein Liebes?«

Bernd griff über den Tisch nach ihrer Hand. »Überleg doch erst einmal. Willst du wirklich ohne ein Pferd nach Hause fahren, obwohl du jedes haben könntest?«

»Ja, Papa.« Sie klang entschlossener, als sie es selbst vermutet hatte.

»Aber … aber was ist mit Sugar?«, wollte Sofia wissen. »Du mochtest sie doch so sehr. Ich kapier's nicht!«

»Sugar ist ein tolles Pferd. Richtig toll sogar. Aber irgendwie reicht das nicht. Es wäre nicht fair, sie zu nehmen, wenn mein Herz noch an Monsoon hängt.«

Sofia schüttelte den Kopf. »So ein Unsinn. Du weißt doch, was ich dir über Silver erzählt habe. Ich musste mich auch erst an ihn …«

Lisann unterbrach sie. »Ist schon okay, Sofia. Ich hab mir das wirklich gut überlegt. Wenn ich Monsoon nicht haben kann, will ich lieber gar kein Pferd haben.«

Einen Augenblick lang sagte keiner ein Wort.

»Dann habe ich jetzt ein Pferd und du nicht«, stellte Mira fest. »Verkehrte Welt, irgendwie.«

»Tja, wenn das Lisanns Entscheidung ist, müssen wir sie wohl akzeptieren«, sprach Jack aus.

»Nein!«, protestierte Sofia. »Das kann nicht dein Wunsch sein. Ich habe dich doch die letzte Woche erlebt. Du liebst Pferde. Du liebst das Reiten. Willst du jetzt auf das alles verzichten?«

»Ich muss erst mal über Monsoon hinwegkommen.«

»Aber ich kann nicht damit leben, dass du meinetwegen kein Pferd mehr hast!«

»Irgendwann kommt schon noch das richtige Pferd um die Ecke. Hier habe ich es nicht gefunden. Alle Pferde, die auf der Ranch für mich infrage kamen, bin ich geritten.«

»Nicht alle!«, widersprach Sofia.

»Was meinst du?«

Sofia starrte ihr ins Gesicht. »Silver nicht!«

»Wie bitte? Silver ist dein Pferd«, sagte Lisann verwirrt.

»Ich weiß. Und deswegen kann mich niemand davon abhalten, ihn dir anzubieten.« Sofia sprang auf und sah sie entschlossen an. »*Let's go.* Wir reiten jetzt aus. Ich auf Montano, du auf Silver.«

Dann stapfte sie so beherzt los, dass Lisann meinte, selbst eine Mauer hätte sie nicht aufhalten können.

Mira und Elias erhoben sich ebenfalls.

Lisann sah zögernd zu ihren Eltern, da stand ihre Mutter plötzlich auf und schloss sie kurz und fest in die Arme.

»Geh schon, Lisi. Diese letzte Chance solltest du nutzen.«

Lenny und Alice lächelten.

»Na, worauf wartet ihr denn noch?«

»Du hast Sofia gehört. Wir reiten aus«, sagte Mira.

»Ich würde mich beeilen«, riet Elias. »Sie scheint es ziemlich ernst zu meinen.«

Kapitel siebzehn

Die Pferde waren schnell gesattelt. Die Freunde sprachen dabei nur das Nötigste. Selbst Timber, Nugget, Silver und Monsoon standen ganz still – so als würden sie verstehen, worum es hier gerade ging.

Lisann warf Sofia einen Seitenblick zu. Diese sah unverändert entschlossen aus. Etwas Ungewöhnliches aber fiel Lisann auf. Sofias Hände zitterten, als sie Monsoon die Trense ins Maul schob.

Sofia bemerkte Lisanns Blick und gab gleich eine Erklärung ab. »Verrückt. Ich bin ganz aufgeregt. Dabei kenne ich Montano doch besser als jedes andere Pferd.«

»Du bist ihn über drei Monate nicht geritten. Eine lange Zeit.«

»Klar, daran wird's liegen.«

»Muss ich bei Silver irgendwas beachten?«

Sofia sah den hübschen Apfelschimmel an und strich ihm liebevoll über die Nüstern. »Er braucht eine ruhige Hand, weil er sehr empfindlich im Maul ist.«

»Okay«, sagte Lisann. »Werd ich mir merken.«

»Seid ihr so weit?«, fragte Elias und klopfte Nugget den gescheckten Hals.

Kurz darauf verließen sie den Hof. Ihre Eltern winkten ihnen vom Picknickplatz aus zu.

»Wohin wollen wir reiten?«, fragte Mira.

Sofia zeigte nach vorne in den Wald hinein, wo ein breiter Weg mit gelblich braunen Blättern bedeckt war. Der Wind ließ beständig weitere Blätter nachrieseln. »Heute gibt es ein bisschen Nervenkitzel. Wir reiten den Schluchtenpfad. Die Strecke ist wunderschön, sie wird euch gefallen …« Sie gab Monsoon die Zügel vor und ritt voran.

Sofia hatte nicht zu viel versprochen. Der Weg durch den Wald war wirklich etwas Besonderes. Uralte knorrige Bäume formten mit ihren Ästen ein leise raschelndes Dach über ihnen. Bald schon konnten sie den Fluss rauschen hören, der sich rechts von ihnen schwerfällig durch dicke Steine kämpfte. Doch je weiter sie ritten, desto größer wurde das Gefälle und desto lauter wurde das Wasserrauschen.

Mira und Lisann hielten sich ein Stück hinter Sofia. Noch konnten sie gerade so nebeneinanderreiten.

»Es ist echt seltsam, jemand anderen auf Monsoon zu sehen«, gestand Lisi mit wehmütigem Blick nach vorn.

»Glaub ich. Und wenn du mich fragst: Monsoon scheint das auch nicht zu gefallen. Er tänzelt schon die ganze Zeit herum.«

»Ist mir auch schon aufgefallen. Vielleicht macht ihn das laute Wasser nervös.«

Sofia drehte sich im Sattel um und fragte nach hinten: »Traben?«

»Klar«, antworteten Lisann und Mira gleichzeitig.

Sofia gab nur eine kleine Stimmhilfe, dennoch schoss Monsoon nach vorn, als hätte er bloß auf eine Gelegenheit gewartet. »Hoo, ruhig. Was ist denn los mit dir?«, wunderte sie sich und zügelte ihn hektisch.

Elias sagte: »Man merkt, dass er die letzte Zeit weniger geritten wurde.«

»Ja, wird wohl Zeit, dass er mal wieder ein paar Kühe treibt.« Sie nahm die Split Reins etwas kürzer. Monsoon schüttelte daraufhin wütend den Kopf.

Das Rauschen des Wassers wurde stetig lauter, die Schlucht tiefer, der Abhang steiler. Nur noch drei Baumreihen trennten sie von der Kante, wo es nun ungefähr vier Meter nach unten ging.

Silver schien das nicht zu stören. Seine Trabschritte waren gleichmäßig. Brav lief er hinter den anderen her und brauchte dabei so wenige Kommandos, dass Lisi sich zeitweise fühlte wie auf einem Jahrmarktspferd, das nur im Kreis lief.

Mira sah ihn von der Seite an. »Wie gefällt dir Silver bisher?«

»Er ist superlieb. Das Reiten auf ihm ist so leicht wie Fahrradfahren.«

Mira lachte auf. »Klingt nicht besonders aufregend, um ehrlich zu sein.« Die nächsten Worte sagte sie leiser. »Jedenfalls nicht so aufregend, wie es auf Monsoon gerade sein muss.«

Lisann schaute nach vorn, wo der Wallach seine wilde Mähne bei jedem Schritt wippen ließ und immer wieder aufgebracht prustete. Dann ging ihr Blick zur Schluchtenseite. Nur noch zwei Baumreihen standen zwischen ihr und der Kante, was ihr durchaus Herzklopfen bereitete.

Als der Weg so schmal wurde, dass sie hintereinanderreiten mussten, parierte Sofia durch zum Schritt. »… nicht dass ihr Großstadtreiter noch Höhenangst bekommt«, scherzte sie und sah dabei nach hinten, als in derselben Sekunde zwei Pilzsammler im Wald erschienen.

Monsoon erschrak und riss den Kopf nach oben. Mit einem Satz sprang er zur Seite und lief rückwärts auf die Schlucht zu.

»Halt ihn an«, rief Elias.

Sofia reagierte schnell. Sie zerrte den Pferdekopf an einem Zügel herum und gab dazu eine scharfe Schenkelhilfe. Monsoon drehte sich auf der Stelle herum und vollführte eine wenig elegante Vorderhandwendung. Doch er stand.

Für eine Sekunde waren alle wie erstarrt. Nur das laute Tosen des Wassers war zu hören.

Einer der Pilzsammler sagte: »Gut geritten, Mädchen. Aber ist dieses Pferd nicht ein bisschen wild für dich?« Dann klemmten die beiden sich ihre Körbe in die Armbeugen und verschwanden kopfschüttelnd zwischen den Bäumen.

»Blödmänner«, schimpfte Sofia ihnen hinterher. Ihre Wangen waren knallrot.

»Das war aber knapp«, sagte Elias.

»Quatsch, alles gut. Ich hatte ihn die ganze Zeit voll unter Kontrolle. Montano kann halt auch mal etwas wilder sein. So war er schon immer. Kommt weiter.«

Bald darauf war nur noch eine Baumreihe zwischen ihnen und der Kante.

Lisann bekam nun ein richtig mulmiges Gefühl. Wie schmal mochte der Weg noch werden? Warum hatte Sofia eine solche Strecke gewählt? Immer wieder sah sie nach vorne, wo Monsoon mehr trabte, als dass er Schritt ging. Seine Hufe waren zeitweise nur eine Pferdelänge von der Schlucht entfernt.

Nach der nächsten Kurve erreichte das Tosen seinen Höhepunkt. Laut stürzte das Wasser hier den Felsen hinab und mündete in einer Schaumkrone.

»Cooler Wasserfall, oder?« Sofia musste fast schreien, um sich Gehör zu verschaffen.

»Irre! So was habe ich noch nie gesehen«, rief Elias laut.

»Ja, die Aussicht ist echt der Hammer. Aber in mir kribbelt alles, wenn ich daran denke, wie tief es da runtergeht«, gestand Mira. »Können wir weiter, bitte?«

Lisann hatte nur Augen für Monsoon. Er schwitzte, obwohl es nicht heiß war. Seine Hufe stampften wütend auf. Er zerrte am Zügel.

Sie folgten dem schmalen Weg noch ein Stückchen. Bald führte er von der Schlucht weg und wurde wieder breiter. Vor ihnen erstreckte sich eine wunderschöne Allee. Alles um sie herum schien plötzlich leise.

»Ahh, jetzt fühle ich mich wieder wohler«, gab Mira zu.

»Geht mir ähnlich«, gestand auch Elias. »Große Höhen sind nicht so mein Ding. Auch wenn der Wasserfall total spektakulär war.«

»Ich hatte euch doch Nervenkitzel versprochen«, sagte Sofia grinsend. »Und ganz vorbei ist er auch noch nicht.«

»Was soll das denn heißen?«, wollte Mira wissen.

»Gleich kommen wir an eine lange Holzbrücke, die uns über den Fluss bringt. Aber keine Angst. Danach geht's nur noch durch den Wald zurück zur Ranch.« Sie drehte sich im Sattel um. »Lisi, bis zur Brücke ist es eine perfekte Strecke für einen langen Galopp. Willst du Silver mal so richtig austesten?«

Lisann runzelte die Stirn. »Meinst du wirklich, das ist eine gute Idee? Monsoon ist heute irgendwie voll neben sich.«

»Ich komme schon klar«, fuhr Sofia sie mit einem Mal heftig an.

»Hä? Was ist denn jetzt mit dir los?«, wunderte sich Lisi.

»Quatschen können wir später. Jetzt wird geritten.« Sofia gab Monsoon die Zügel vor und stieß ihm die Hacken in die Seiten. Der Wallach riss den Kopf nach oben und galoppierte so hastig los, dass seine Hinterhufe den erdigen Waldboden in die Luft schleuderten. In diesem Augenblick hallten zwei ohrenbetäubende Schüsse durch die Luft. Monsoon sprang zur Seite und wieherte schrill.

»Brr … brr …«, machte Sofia, während sie versuchte, ihn kürzer zu nehmen.

Hunde bellten.

»Jäger …«, bemerkte Elias und sah in die Richtung, aus der die Schüsse gekommen waren. »Wir sollten schnell …«

Erneut knallte es – und diesmal noch viel lauter.

Monsoon explodierte förmlich. Seine Vorderhufe hoben ab und schlugen mehrfach durch die Luft.

»Aaahhhh…!« Sofia schrie auf. In der nächsten Sekunde schoss Monsoon unter ihr wie ein Pfeil davon.

»Scheiße!«, fluchte Elias.

»Sofia, festhalten!«, brüllte Mira ihr nach.

»Ich versuche, sie einzuholen.« Elias schlug Nugget die Enden der langen Zügel auf das Hinterteil. Der Schecke stob davon und nahm die Verfolgung auf.

»Los, hinterher«, sagte Lisann zu Mira und gab Silver ebenfalls die Hacken.

Das mächtige Donnern von vier galoppierenden Pferden hallte durch die Luft. Nur Sofias Schreie waren noch lauter. Sie klangen jetzt panisch. »Halt an, Montano. Bitte halt an!«

Lisann merkte schnell, dass weder sie auf Silver noch Mira auf Timber eine Chance hatten, Sofia einzuholen.

Elias aber kam ihr immer näher. Er trat Nugget die Beine wieder und wieder in die Seiten – ohne Rücksicht auf seine eigene Sicherheit.

Der Weg durch den Wald führte jetzt leicht bergab, was ihnen die Sicht auf die Holzbrücke freigab.

Lisann fuhr der Schreck in alle Glieder. Ein dünnes rot-weißes Plastikband versperrte den Zugang. In der Mitte der Brücke fehlten zahlreiche Bretter. »Mira! Sieh doch.«

»O Gott, nein!«

Sofia schaffte es nicht, Monsoon zu bremsen. »Halt doch aaaannn …«, schrie sie verzweifelt und zerrte an seinen Zügeln.

»Sie kommen der Brücke immer näher«, rief Mira angsterfüllt.

»Elias! Schneller!«, brüllte Lisann.

Erst als nur noch wenige Galoppsprünge sie von der Brücke trennten, erreichte Elias Monsoons Seite. Er zögerte keine Sekunde, griff nach Monsoons Backenriemen und riss

Nugget mit den Zügeln nach links. Beide Pferde schossen in den Wald hinein – direkt zwischen zwei dicken Bäumen hindurch. Haarscharf entkamen sie so der Katastrophe.

Sofia sprang von Monsoons Rücken und fiel nach wenigen Schritten auf die Knie ins hohe Laub. Sie schlug die Hände vors Gesicht und weinte bitterlich.

Lisann und Mira waren schnell bei ihr, während Elias sich um die schwer atmenden Pferde kümmerte.

»Sofia, Gott sei Dank. Dir ist nichts passiert«, sagte Mira mit zitternder Stimme und setzte sich an ihre Seite. Ihre Hand strich über Sofias Rücken.

Lisann fiel ebenfalls mit butterweichen Knien ins Laub. Ihr Herz raste. »Alles ist noch mal gut gegangen. Du hast nur einen großen Schreck bekommen, Sofia«, versicherte sie, obwohl auch sie selbst noch immer am ganzen Körper bebte.

»Nichts ist gut, Lisann«, widersprach Sofia heulend.

»Doch. Du musst dich nur beruhigen. Gleich geht es dir wieder besser.«

»Du … du verstehst nicht«, weinte sie verzweifelt. »Ich rede nicht davon, dass Montano mir durchgegangen ist.«

»Wovon dann?«

»Ich … ich will meinen Silver zurückhaben!«

»Natürlich, Sofia«, versicherte Lisann. »Ist okay. Ich würde ihn dir nie wegnehmen.«

Sofia nahm die Hände von ihrem verheulten Gesicht und sah Lisi an. Sie schluchzte noch einmal auf. »Und ich will auch, dass … dass du Montano behältst!«

»Was?« Lisann erstarrte.

Sofia brauchte einen Moment, ehe sie weitersprechen konnte. Zuerst lehnte sie sich an einen Baumstamm. Immer wieder musste sie schluchzen. »Die Wahrheit ist ein großes Geheimnis. Niemand weiß davon. Ich kam noch nie richtig gut mit ihm klar. Oft hatte ich sogar Angst, auf ihm zu reiten. So wie heute!« Mit beiden Händen wischte sie sich über das Gesicht und sagte trotzig: »Ich mache dann immer einen auf obercool. Dabei habe ich es so satt, meine Angst auf ihm zu verheimlichen und zu hoffen, dass es niemand merkt.«

Lisann schüttelte langsam den Kopf. »Aber warum hast du das nie jemandem erzählt?«

»Wem denn? Meinen Eltern? Sie haben ihn mir doch geschenkt. Ich konnte ihnen das nicht antun. Außerdem haben alle mich um mein Traumpferd beneidet. Ich war mir sicher, niemand würde es verstehen.« Sie zog die Nase hoch und wischte sich die Tränen von den Wangen. »Ich dachte immer, irgendwann macht es klick zwischen mir und Montano. Aber als ich Silver vor drei Monaten bekam, hab ich's kapiert. Ich wusste plötzlich, wie es ist, wenn man ein echtes Herzenspferd hat.«

Lisann konnte nicht verhindern, dass sich ihre Augen mit Tränen füllten. Sofias schmerzliche Geschichte ging ihr nah. Wie sehr musste sie im Stillen gelitten haben? Und auch Monsoon! Er war schließlich feinfühlig genug, um zu spüren, dass seine Besitzerin unglücklich war. Vielleicht hatte er sogar angenommen, es wäre seine Schuld. Dieser Gedanke brach Lisi fast das Herz. »Es tut mir so leid, was du und Monsoon durchgemacht habt, Sofia.«

»Ich bin selber schuld«, gab sie zur Antwort und atmete tief durch. »Ich hätte viel früher den Mund aufmachen sollen. Jetzt, wo ich es ausspreche, fühle ich mich so unendlich erleichtert.«

Für einen Moment hörte man nur die Vögel im Wald. Und ab und zu ein Schniefen. Alle brauchten ein paar Minuten.

Mira war die Erste, die wieder sprach. »Sofia?«, fragte sie mit einem durchdringenden Blick. »Sag mal, hast du das eben ernst gemeint? Das mit Lisi und Monsoon?«

Sie sah zu Lisann. Mit fester Stimme gab sie ihre Antwort: »Ja!«

Lisi durchfuhr es wie ein Blitz. So als hätte sie es bis jetzt nicht wirklich glauben können. »Du willst mir Monsoon echt zurückgeben?«

»Ihr zwei gehört zusammen. So wie ich und Silver zusammengehören. Ich habe euch auf dem Stoppelfeld gesehen. Wie ihr gespielt habt. Da wusste ich es eigentlich schon. So war es nie zwischen mir und ihm.«

Jetzt stand Sofia auf und nahm Elias die Zügel aus der Hand. »Monsoon ist dein Pferd, Lisann.« Es war das erste Mal, dass sie ihn nicht Montano nannte.

Die beiden Mädchen schlangen ihre Arme umeinander und drückten sich fest und lange.

Lisann quollen dabei unaufhörlich die Tränen aus den Augen. Und diesmal waren es Freudentränen. »Danke, Sofia.«

Als sie sich voneinander lösten, übergab Sofia Monsoons Zügel an Lisann. Ein letztes Mal fuhr ihre Hand über seine Stirn. »Ein Problem gibt es aber noch. Wie soll ich meinen

Eltern nur sagen, dass Montano … Monsoon und ich nicht zusammenpassen? Oder dass er mir eben durchgegangen ist?«

Jetzt trat Elias vor. »Und wenn du ihnen nichts davon sagst? Es könnte für immer unser Geheimnis bleiben.«

Sofia sah ihn einen Moment lang an. Dann sah sie nacheinander in die Gesichter der beiden anderen.

Mira nickte.

Lisann nickte.

Elias streckte die Hand aus – mit der Handfläche nach unten. »Los, wir schließen einen Pakt. Niemand erzählt je die Wahrheit. Sie bleibt hier im Wald.«

Mira legte ihre Hand auf Elias'.

Lisann ihre darüber.

Dann Sofia.

»Abgemacht!«

Als sie wieder auf die Pferde stiegen, verschmolz Lisann augenblicklich mit Monsoon. So wie Vanilleeis mit heißen Himbeeren. Seine Nervosität war schlagartig verschwunden. Mit langen Zügeln und gelösten Schritten traten sie den Heimweg an.

Sofia schüttelte ungläubig den Kopf. »Er war anscheinend schon immer dein Pferd.«

♥

Als sie sich zwei Stunden nachdem sie losgeritten waren, der Ranch näherten, saßen ihre Eltern noch immer beim Picknick. In flauschige Wolldecken gehüllt, hielten sie dampfende Becher in den Händen und waren in ein Gespräch vertieft. Auch Emil saß bei ihnen. Er entdeckte die vier Reiter als Erster.

»Seht mal, Sofia und Lisann haben die Pferde getauscht«, rief er so laut, dass alle ihre Köpfe umwandten.

»Was hat das denn zu bedeuten?«, fragte Anja und stand auf. Achtlos ließ sie ihre Wolldecke ins Gras fallen. »Heißt das etwa …?«

Lisanns breites Grinsen verriet ihrer Mutter wohl, dass alles gut war.

Anja lief los – ihrer Tochter entgegen. Auf halbem Weg merkte sie, dass ihre feinen Schuhe sie auf dem Gras nur störten. Sie zog sie einfach aus und warf sie von sich. Danach lief sie auf ihren Perlonstrümpfen weiter und breitete die Arme aus.

Lachend sprang Lisi aus dem Sattel und fiel ihrer Mutter in die Arme. »Monsoon gehört jetzt mir, Mama. Für immer und ewig.«

Anja fragte nicht nach dem Wie oder Warum. Sie drückte Lisann fest an sich. »Das ist fantastisch, mein Schatz. Ich freue mich so sehr.«

Jack forderte als Erster Antworten: »Was ist denn hier los? Sofia, kannst du mir das erklären?«

»Dad, ich kann Silver nicht hergeben. Wir zwei gehören einfach zusammen – so wie Lisann und Monsoon zusammengehören. Ich bringe es nicht übers Herz, sie zu trennen.« Auch sie stieg nun aus dem Sattel. »Ich hoffe, ihr seid mir nicht böse.«

Rebecca schloss ihre Tochter in die Arme. »Böse? Nein. Ich bin sehr stolz auf dich, Sofia.« Sichtlich glücklich drückte sie ihr einen Kuss auf die Stirn. »Vielleicht gibst du heute eines deiner zwei Pferde her. Dafür aber hast du für immer drei neue Freunde gewonnen.«

Sie saßen noch eine ganze Weile zusammen und sprachen über die Ereignisse der letzten Tage, die sie alle zusammengebracht hatten, als ein Auto auf den Hof rollte.

»Seht mal«, sagte Elias erstaunt. »Da kommt mein Vater.«

»Dann sind wir wohl endlich komplett«, freute sich Lenny und winkte.

Herr Brandt trug eine Kiste unter dem Arm. »Hallo zusammen. Ich hoffe, ich störe nicht.«

»Keinesfalls«, sagte Rebecca. »Wir freuen uns, Sie endlich kennenzulernen. Setzen Sie sich doch.«

»Danke.« Er gab den Bigsbys die Hand und erklärte: »Ich komme eigentlich nur, um etwas abzuliefern.«

»Jetzt machen Sie uns aber neugierig«, sagte Rebecca.

»An diesem Vormittag waren noch zwei Polizeibeamte auf dem Falbenhof, die mit dem Fall beschäftigt waren. Es sind alte Freunde von mir, weshalb ich immer etwas mehr erfahre als manch anderer.« Er zwinkerte. »Sie berichteten mir vom Ausräumen der Verstecke, die die Pferdediebe benutzt hatten. Ich sollte ihren vollen Kofferraum durchsehen, ob mir etwas von dem Zeug aus den Verstecken gehört. Dabei ist mir das hier in die Hände gefallen. Ich glaube, es ist Ihr Eigentum, Herr und Frau Bigsby.« Er überreichte die Kiste an Jack und Rebecca.

Gemeinsam sahen sie hinein. »Die amerikanischen Ausweispapiere unserer Pferde«, stieß Jack begeistert aus.

»Ich war mir sicher, ich sehe die nie wieder«, gestand Rebecca mit der Hand auf dem Herzen.

»Leider sind sie ziemlich mitgenommen, weil es in den Verschlag reingeregnet hat«, sagte er bedauernd. »Die Polizeibeamten berichteten mir, dass Ihr Stallbursche Nick gestanden hat, die Papiere heimlich an sich genommen zu haben. Und zwar mit dem Hintergedanken, die geklauten Pferde so besser auf dem Pferdeschwarzmarkt verkaufen zu können. Durch die Auswertung seines Telefons, die Aussagen unserer Kinder und schlussendlich die Papiere, die man gefunden hat, ist jetzt klar: Er und der Pferdehändler haben zusammen alle Pferde der Umgebung geklaut. Zum Glück hat der Schrecken nun ein Ende.«

»Dieser verdammte Nick«, grollte Jack erbost. »Wie konnte er uns so hintergehen? Er muss am Tag unseres Umzugs zur Buckskin Ranch zugeschlagen haben. Ich erinnere mich noch, wie chaotisch es zuging, als der Lastwagen mit unserem Container ankam. Der Hof war voller Leute und alle hatten Fragen. Ich hatte die Kiste mit den Papieren noch in die Sattelkammer gestellt, und am selben Abend war sie plötzlich weg.«

Rebecca sagte: »Haben Sie vielen Dank, Herr Brandt. Auch wenn man nicht mehr alles erkennt, die Papiere aus Amerika bedeuten uns viel. Sie sind ein Stück unserer Vergangenheit.«

»Danken Sie nicht mir, Frau Bigsby. Die Polizei sagt, mein Sohn hat sie zu der Weide mit der Hütte geführt.« Er sah zu Elias.

Emil stand auf und schlug seine Hand auf die Schulter von Elias. »Wie es scheint, bist du ein Held, mein Junge.« Dann sah er zu Herrn Brandt. »Er kommt wohl ganz nach seinem Großvater Henry, nicht wahr, Christian?«

Erst jetzt fiel Herrn Brandts Blick auf Emil. Er zog fragend die Augenbrauen zusammen. Dann traf es ihn wie ein Schlag. Taumelnd machte er ein paar Schritte rückwärts, als er den alten Freund seines Vaters erkannte. »Emil …«

»Lange nicht gesehen. Ich glaube, wir haben uns sehr viel über die Vergangenheit zu erzählen.«

Kapitel achtzehn

Mira und Lisann sahen abwechselnd immer wieder nach hinten durch die Heckscheibe des Audis.

»Du hast doch eben erst geguckt«, neckte Mira ihre beste Freundin und stieß sie an.

»Und du kurz davor«, sagte Lisi lachend.

Beide sahen jetzt gleichzeitig zurück. Die Ohren von Monsoon und Timber wackelten umher, um alle Geräusche auf der Fahrt Richtung Falbenhof aufzunehmen.

»Sie gehören uns, Lisi!«, sagte Mira jetzt und klang dabei, als könnte sie es noch nicht fassen. »Niemand kann sie uns mehr wegnehmen.«

Lisann nickte glückselig. In ihr war ein Feuerwerk, das einfach nicht endete. Die letzte Woche kam ihr vor wie ein ganzes Jahr. Und alles hatte mit einer alten Dame im Wald angefangen.

Bernd parkte vor dem Ferienhaus. »So, Kinder. Bringt die Pferde noch kurz zur Weide und dann ab nach oben, Koffer packen. In spätestens zwei Stunden möchte ich hier los.«

Kaum waren ihre Eltern abgelenkt, zog Lisann Mira hinter den Pferdeanhänger. »Hör zu. Ich muss noch was Wichtiges erledigen, bevor wir fahren. Kommst du mit?«

»Klaro.«

»Dann schnapp dir heimlich deinen Helm und deine Trense.«

Unbemerkt von den Erwachsenen erreichten sie mit Timber und Monsoon den Feldweg zwischen den Weiden.

Lisann half Mira rauf und sprang dann mit Anlauf auf Monsoons Rücken. »Traust du dich, ohne Sattel zu galoppieren?«

»Auf Timber traue ich mich alles«, sagte Mira entschlossen.

Kaum waren die Pferde warm, gaben sie ihnen die Zügel vor. Die herbstbunten Bäume zogen schnell an ihnen vorbei. Obwohl Lisann den Weg nur ein einziges Mal geritten war, fand sie ihn mühelos wieder. Zuerst am Fluss entlang, dann hinein in den Hohlweg, der leicht bergauf führte. Das Windspiel über ihnen begrüßte sie mit leisen Klängen.

»Wo sind wir hier, Lisi?«, fragte Mira mit skeptischem Blick. »Kannst du mir erklären, was wir hier wollen?«

Lisann hielt mit einem Arm die Zweige zur Seite und ritt in den Wald hinein. Dabei drehte sie sich zu Mira um. »Ich will mich bei Oma Alrun bedanken.«

»Hier wohnt sie?«, fragte Mira mit großen Augen.

Die Hütte erschien vor ihnen. Aus dem kleinen Schornstein stieg eine dünne Rauchwolke auf. Das Dach war voller gelber Blätter.

Lisann sprang von Monsoon. Sie brauchte nicht zu rufen.

Knarrend öffnete sich die Tür. »Da bist du ja wieder, Lisann. Wie schön!«, freute sich die alte Frau, als hätte sie sie schon erwartet. Dabei lächelte sie warmherzig.

Lisi lächelte zurück. »Ich bin nur gekommen, um zu sagen, dass jetzt alles gut ist, Oma Alrun. Und ich möchte mich bedanken.«

»Das musst du nicht, Lisann. Ich sagte doch schon: Alle Antworten stecken bereits in dir.«

Sie nickte. »So war es auch. Meine Albträume sind vorbei und Monsoon und ich sind jetzt wirklich unzertrennlich.«

Lisann griff in die Innentasche ihrer Jacke. Von dort zog sie Monsoons lange gewellte Haarsträhne heraus und überreichte sie Oma Alrun als Geschenk. »Hier, ein Glücksbringer.«

»Danke sehr, Lisann. Ich wünsche euch eine schöne Heimreise und eine sichere Wiederkehr. Das nächste Mal, wenn ihr herkommt, wird Schnee liegen. Und schon jetzt kann ich euch sagen: Die Ferien werden aufregender, als ihr es euch vorstellen könnt.«

Wenig später ritten Lisann und Mira nebeneinander durch den Wald.

»Was hat sie damit nur gemeint, dass die Ferien aufregender werden, als wir es uns vorstellen können?«, fragte Mira.

»Ach, keine Ahnung. Und weißt du was? Ich will es auch gar nicht wissen. Gerade ist alles gut, wie es ist. Und das will ich wenigstens bis zum Winter genießen.«

Sie brachten die Pferde auf die Weide und betraten den Hof, wo in diesem Augenblick Elias und Herr Brandt vor dem Haupthaus hielten. Der Reitstallbesitzer nickte ihnen kurz zu und verschwand im Stall.

Er sah etwas blass aus, wie Lisann fand. Zwischen Mira und Elias setzte sie sich auf die Baumbank.

»Erzähl schon, Elias«, begann Mira. »Wie war das Gespräch mit Emil und deinem Vater?«

»Wie eine Zeitreise in die Vergangenheit«, antwortete er. »Wir haben viel über meinen Großvater erfahren, was wir noch gar nicht wussten. Am Schluss überredete Emil meinen Dad, nächste Woche mal zur Ranch zu kommen und mich reiten zu sehen. Er meinte, ich hätte viel Talent von meinem Opa geerbt.«

»Hat er Ja gesagt?«, wollte Mira wissen.

Elias nickte zufrieden. »Hat er! Und dann werde ich ihn überzeugen, dass man Westernreiten und Englischreiten gleich gernhaben kann.«

»Wie schade, dass wir nicht dabei sein können«, sagte Lisann mit Bedauern.

»Ihr kommt doch schon bald wieder«, sagte Elias. »Nur zwei Monate, dann habt ihr Glückspilze Weihnachtsferien.«

Lisann sah in den blauen Himmel. »Kaum zu glauben, dass dann Schnee liegen wird.«

»Wie kannst du da so sicher sein?«

»Glaub mir, es *wird* schneien.«

© Andrew Tan

Joël Tan, geboren 1982, wuchs in den ländlichen Vororten Bremens auf. Mit sieben hatte sie ihre erste Reitstunde auf einem Islandpferdehof. Viele Schul- und Pflegepferde später erfüllte sie sich mit dem Kauf ihrer eigenen Warmblutstute einen lang gehegten Traum. Gemeinsam mit ihrem Mann, den sie ebenfalls vom Reiten überzeugte, reiste sie mehrmals nach Kanada sowie Wyoming und verlor dabei ihr Herz ans Westernreiten. Heute lebt und schreibt die Autorin in Hamburg, wo sie Medien und Information an der Hochschule für Angewandte Wissenschaften studierte und in verschiedenen Verlagshäusern und Medienunternehmen arbeitete. Das Leben mit sieben Geschwistern und ihre beiden pferdeverrückten Töchter dienten Joël Tan als Inspiration für ihre »Monsoon«-Reihe.

ISBN 978-3-8458-3403-0

Perfekt KANN ICH AUCH, bringt ABER NIX!

Ella ist stinksauer. Ihr Vater erlaubt ihr nicht, coole Schuhe für die Schule zu kaufen. Und dann schickt er sie auch noch um halb zehn ins Bett! Dabei ist sie schon dreizehn! Bisher hat sich Ella immer brav und angepasst benommen. Und was hat es ihr gebracht? Nichts!

Ella beschließt: Sie wird ab sofort eine andere. Warum nicht mal mit den wilden, ungezogenen Kids aus der Klasse abhängen und die Lehrer nerven? Einfach mal nicht das tun, was die Erwachsenen wollen?

Doch ist es wirklich besser, eine Unruhestifterin zu sein? Vielleicht gibt es doch eine andere Möglichkeit, ihr vermurkstes Leben wieder in Ordnung zu bringen ...